El pudding de Navidad

Biblioteca Agatha Christie

Agatha Christie
El pudding de Navidad

Traducción de C. Peraire del Molino

Planeta

Obra editada en colaboración con Editorial Planeta – España

Diseño de portada: Planeta Arte & Diseño / David López
Arte realizado a partir de © Getty Images

Bajo el sello editorial BOOKET M.R.
Avenida Presidente Masarik núm. 111,
Piso 2, Polanco V Sección, Miguel Hidalgo
C.P. 11560, Ciudad de México
www.planetadelibros.com.mx

Primera edición impresa en España en Colección Booket: septiembre de 2025
ISBN: 978-84-08-30802-7

Primera edición impresa en México en Booket: octubre de 2025
ISBN: 978-607-39-3633-0

Impreso en los talleres de Impregráfica Digital, S.A. de C.V.
Av. 11 463, interior Bodega 2
Colonia San Nicolas Tolentino.
C.P. 09850, Iztapalapa, CDMX
Impreso en México – *Printed in Mexico*

Biografía

Agatha Christie es conocida en todo el mundo como la Dama del Crimen. Es la autora más publicada de todos los tiempos, tan solo superada por la Biblia y Shakespeare. Sus libros han vendido más de dos mil millones de ejemplares en todo el mundo. Escribió un total de ochenta novelas de misterio y colecciones de relatos breves, más de veinticinco obras de teatro y seis novelas escritas con el pseudónimo de Mary Westmacott. Probó suerte con la pluma mientras trabajaba en un hospital durante la Primera Guerra Mundial, y debutó en 1920 con *El misterioso caso de Styles*, cuyo protagonista es el legendario detective Hércules Poirot, que luego aparecería en treinta y tres libros más. Alcanzó la fama con *El asesinato de Roger Ackroyd* en 1926, y creó a la ingeniosa Miss Marple en *Muerte en la vicaría*, publicado por primera vez en 1930. Se casó dos veces, una con Archibald Christie, de quien adoptó el apellido con el que es conocida mundialmente como la genial escritora de novelas y cuentos policiales y detectivescos, y luego con el arqueólogo Max Mallowan, al que acompañó en varias expediciones a lugares exóticos del mundo que después usó como escenarios en sus novelas. En 1961 fue nombrada miembro de la Real Sociedad de Literatura y en 1971 recibió el título de Dama de la Orden del Imperio Británico, un título nobiliario que en aquellos días se concedía con poca frecuencia. Murió en 1976 a la edad de ochenta y cinco años. Sus misterios encantan a lectores de todas las edades, pues son lo suficientemente simples como para que los más jóvenes los entiendan y disfruten, pero a la vez muestran una complejidad que las mentes adultas no consiguen descifrar hasta el final.

www.agathachristie.com

El pudding de Navidad

Capítulo primero

—Lamento enormemente... —empezó Hércules Poirot.

Le interrumpieron. No con brusquedad, sino suave y hábilmente, con ánimo de persuadirle.

—Por favor, monsieur Poirot, no se niegue usted sin considerarlo antes. El asunto tendría consecuencias graves para la nación. Su colaboración sería muy apreciada en las altas esferas.

—Es usted muy amable. —Hércules Poirot agitó una mano en el aire—. Pero, de verdad, me es imposible comprometerme a hacer lo que me pide. Es esta época del año...

Mr. Jesmond volvió a interrumpirle con su suave tono de voz.

—Navidad... —dijo—. Unas Navidades a la antigua usanza en el campo inglés.

Poirot se estremeció. La idea del campo inglés en aquella época del año no le atraía.

—¡Unas auténticas Navidades a la antigua usanza! —recalcó Mr. Jesmond.

—Yo... no soy inglés. En mi país la Navidad es una fiesta para los niños. Año Nuevo, eso es lo que nosotros celebramos.

—¡Ah! Pero la Navidad de Inglaterra es una gran institución, y yo le aseguro que en ningún sitio podría verla mejor que en Kings Lacey. Le advierto que es una casa maravillosa, muy antigua. Una de las alas data del siglo XIV...

Poirot se estremeció de nuevo. La idea de una casa solariega inglesa del siglo XIV le daba escalofríos. Lo había pasado muy mal en Inglaterra en esas casas históricas. Pasó la mirada con aprobación por su moderno y confortable piso, provisto de radiadores y de los últimos inventos destinados a evitar la menor corriente de aire.

—En invierno no salgo nunca de Londres —dijo con firmeza.

—Monsieur Poirot, me parece que no acaba de darse cuenta de la gravedad de este asunto.

Mr. Jesmond miró al hombre que lo acompañaba y luego se quedó contemplando a Poirot.

Hasta entonces, el más joven de los visitantes se había limitado a decir en actitud muy correcta y diplomática: «¿Cómo está usted?». Se hallaba sentado, mirando sus relucientes zapatos, y una expresión de profundo desaliento se reflejaba en su cara color café. Aparentaba unos veintitrés años y saltaba a la vista que se sentía desgraciadísimo.

—Sí, sí —dijo Poirot—. Claro que el asunto es grave. Lo comprendo perfectamente. Su Alteza tiene todas mis simpatías.

—La situación es de lo más delicada —asintió Mr. Jesmond.

Poirot volvió la mirada al hombre de más edad. Si hubiera que describir a Mr. Jesmond con una sola palabra, esta habría sido *discreción*. Todo en él era discreto: su ropa de buen corte, aunque nada llamativa; una voz agradable y educada, que casi nunca salía de su grata monotonía; su cabello castaño claro, que empezaba a escasear en las sienes, y un rostro pálido y serio. A Hércules Poirot le parecía que había conocido en su vida no uno, sino una docena de señores Jesmond, y todos acababan por decir, tarde o temprano, la misma frase: «La situación es de lo más delicada».

—Le advierto que la policía puede actuar con gran discreción —sugirió Poirot.

Mr. Jesmond meneó la cabeza con energía.

—Nada de policía —dijo—. Para recuperar la... ¡ejem!, lo que queremos recuperar, sería casi inevitable iniciar procedimiento criminal... ¡y sabemos tan poco! Sospechamos, pero no sabemos.

—Tienen ustedes todas mis simpatías —volvió a decir Poirot.

Si creía que su simpatía iba a importarles algo a sus dos visitantes, estaba equivocado. No querían simpatía sino ayuda práctica. Mr. Jesmond empezó a hablar de nuevo de la Navidad inglesa.

—La celebración de la Navidad, como se entendía en otros tiempos, está ya desapareciendo. Hoy en día la gente se va a pasarla a los hoteles. Pero una Navidad inglesa a la antigua usanza, con toda la familia reunida, los calcetines con los regalos de los niños, el árbol de Navidad, el pavo y el pudding de ciruelas, los *crakers*.[1] El muñeco de nieve junto a la ventana...

Hércules Poirot quiso ser exacto e intervino.

—Para hacer un muñeco de nieve —observó con severidad— hace falta nieve. Y no puede uno tener nieve de encargo, ni siquiera para una Navidad a la inglesa.

—He estado hablando precisamente hoy con un amigo mío del observatorio meteorológico —dijo Mr. Jesmond— y me ha dicho que es muy probable que nieve estas Navidades.

No debió haber dicho semejante cosa. Hércules Poirot se estremeció con mayor violencia.

—¡Nieve en el campo! —dijo—. Eso sería aún más abominable. Una casa solariega de piedra, grande y fría.

—Nada de eso. Las casas han cambiado mucho en los últimos diez años. Tienen calefacción central de petróleo.

1. Especie de petardos, envueltos en papel de color y que contienen un pequeño regalo, como un sombrero de papel.

—¿De veras hay calefacción central de petróleo en Kings Lacey? —Por vez primera, el belga parecía vacilar.

El otro se apresuró a aprovechar la oportunidad.

—Claro que la tienen, y también agua caliente. Hay radiadores en todas las habitaciones. Le aseguro a usted, querido monsieur Poirot, que Kings Lacey en invierno es en extremo confortable. Puede que hasta le parezca que en la casa hace demasiado calor.

—Eso es muy improbable.

Con la habilidad que da la práctica, Mr. Jesmond cambió de tema.

—Comprenderá usted que nos encontramos en una situación muy difícil —dijo en tono confidencial.

Hércules Poirot asintió con un movimiento de cabeza. El problema, desde luego, era desagradable. El único hijo y heredero del soberano de un nuevo e importante Estado había llegado a Londres unas semanas antes. Su país había pasado por una etapa de inquietud y de descontento. Aunque leal al padre, que se había conservado plenamente oriental, la opinión popular tenía ciertas dudas respecto al hijo. Sus locuras habían sido típicamente occidentales y, como tales, habían merecido la desaprobación del pueblo.

Sin embargo, acababan de ser anunciados sus esponsales. Iba a casarse con una joven de su misma sangre que, aunque educada en Cambridge, tenía buen cuidado de no mostrar en su país influencias occidentales. Se había anunciado la fecha de la boda y el joven príncipe había viajado a Inglaterra, llevando consigo algunas de las famosas joyas de su familia, para que Cartier las reengarzara y modernizara. Entre las joyas había un rubí muy famoso extraído de un collar antiguo, recargado, y al que los famosos joyeros habían dado un aspecto nuevo. Hasta aquí todo iba bien, pero luego habían empezado las complicaciones. No podía esperarse que un joven tan rico y amigo de las diversiones no cometiera alguna locura. Nadie se lo había censurado, porque todo el mundo espera que los príncipes jóvenes se diviertan. El que el príncipe llevase a su amiga de turno a dar un paseo por Bond Street y le regalara una pulsera de esmeraldas o un broche de brillantes, en prueba de agradecimiento por su compañía, habría resultado de lo más natural, y en cierta manera comparable a los Cadillac que su padre ofrecía invariablemente a su bailarina favorita del momento.

Pero el príncipe había llevado su indiscreción mucho más lejos. Halagado por el interés de la dama, le había mostrado el famoso rubí en su nuevo engaste, cometiendo la imprudencia de acceder a su deseo de dejárselo lucir, solo una noche.

El final había sido corto y triste. La dama se había retirado de la mesa donde estaban cenando para empolvarse la nariz. Pasó el tiempo y ella no volvió. Había salido del establecimiento por otra puerta y se había esfumado. Lo grave y triste del caso era que el rubí, en su nuevo engaste, también había desaparecido con ella.

Estos eran los hechos, que de hacerse públicos traerían las más desastrosas consecuencias. El rubí no era una joya cualquiera, sino una prenda histórica de enorme valor y, de conocerse las circunstancias de su desaparición, las consecuencias políticas serían gravísimas.

Mr. Jesmond no era capaz de expresar estos hechos en lenguaje sencillo. Los envolvió en una complicada verbosidad. Hércules Poirot no sabía del todo bien quién era Mr. Jesmond. Había encontrado muchos señores Jesmond en el transcurso de su profesión. No se especificó si tenía relación con el Ministerio del Interior, con el Ministerio de Asuntos Exteriores o con alguna rama más discreta del servicio público. Obraba en interés de la Comunidad Británica. Era preciso recuperar el rubí.

Insistió en que monsieur Poirot era el hombre indicado para recuperarlo.

—Quizá... sí, puede que sí —concedió Hércules Poirot—. Pero me dice usted tan poco... Sugestiones, sospechas... No es mucho sobre lo que basarse.

—¡Vamos, monsieur Poirot, no me diga que es demasiado para usted! ¡Vamos, vamos!

—No siempre tengo éxito.

Pero eso no era más que falsa modestia. El tono de voz de Poirot dejaba entrever claramente que, para él, encargarse de una misión era casi sinónimo de finalizarla con éxito.

—Su Alteza es muy joven —advirtió Mr. Jesmond—. Sería triste que toda su vida quedase arruinada por una simple indiscreción de juventud.

Poirot miró con expresión de benevolencia al alicaído joven.

—La juventud es la época de hacer locuras —dijo en tono alentador—, y para un hombre corriente no tiene la misma importancia. El buen papá paga, el abogado de la familia desenreda el embrollo, el joven aprende con la experiencia y todo termina bien. En una posición como la suya es muy grave. Su próximo matrimonio...

—Eso es. Eso mismo —eran las primeras palabras que salían con fluidez de la boca del joven—. Ella es una persona muy seria. Se toma la vida demasiado en serio. Ha adquirido en Cambridge ideas muy serias. «Se debería educar a mi país.» «Habrá que dotarles de escuelas.» «Deben hacerse muchas cosas allí.» Todo ello en nombre del progreso, ¿me entiende?, de la democracia. No va a ser, dice, como en tiempos de mi padre. Naturalmente, sabe que tengo que divertirme, pero sin escándalo. ¡Escándalo, no! Es el escándalo lo que importa. Este rubí es muy famoso, ¿entiende? Tiene una larga historia tras él. ¡Mucha sangre derramada, muchas muertes!

Mr. Jesmond asintió haciendo un ademán con la cabeza.

—Muertes —murmuró Poirot, pensativo. Miró a Mr. Jesmond y añadió—: Esperemos que la cosa no llegue a esos extremos.

Mr. Jesmond hizo un ruido extraño, parecido al de una gallina que hubiera decidido poner un huevo y luego cambiase de idea.

—No, no, claro que no —dijo con mucha compostura—. Estoy seguro de que no habrá nada de eso, ninguna necesidad de...

—No puede usted estar seguro. Sea quien fuere el que posea el rubí en este momento, puede que haya otros deseosos de apropiárselo y que no se detengan ante pequeñeces, amigo mío.

—De verdad creo innecesario que nos metamos en especulaciones de esa clase —dijo Mr. Jesmond, con mayor compostura aún—. Son completamente inútiles.

Poirot pareció de pronto mucho más extranjero al responder:

—Yo considero todas las contingencias, como los políticos.

Mr. Jesmond lo miró, confuso. Recobrándose, dijo:

—Bueno, entonces decidido, ¿no es así, monsieur Poirot? ¿Va a ir usted a Kings Lacey?

—¿Y cómo explico mi presencia allí? —preguntó Hércules Poirot.

Su interlocutor sonrió aliviado.

—Eso creo que podrá arreglarse muy fácilmente —dijo—. Le aseguro que arreglaremos las cosas para que su visita no suscite la más mínima sospecha. Verá usted lo encantadores que son los Lacey. Una pareja agradabilísima.

—¿Y no me engaña usted respecto a la calefacción central de petróleo?

—¡No, no, cómo voy a engañarle! —Mr. Jesmond parecía muy dolido—. Le aseguro que encontrará usted allí toda clase de comodidades.

—*Tout confort moderne* —murmuró Poirot para sí, recordando—. *Eh bien!* —dijo, decidiéndose—, acepto.

Capítulo 2

En el amplio salón de Kings Lacey se disfrutaba de una agradable temperatura de veinte grados. Poirot estaba hablando allí con Mrs. Lacey, junto a una de las grandes ventanas provistas de parteluces. La señora estaba entretenida con una labor. No hacía *petit point* ni bordaba flores en seda, sino que se dedicaba a la prosaica tarea de coser unos paños de cocina. Mientras lo hacía, hablaba con una voz suave y reflexiva que Poirot encontró muy atractiva.

—Espero que disfrute con nuestra reunión de Navidad, monsieur Poirot. Solo la familia. Mi nieta, un nieto y un amigo del chico y Bridge, mi sobrina nieta, y Diana, una prima, y David Welwyn, un viejo amigo nuestro. Una reunión familiar nada más. Pero Edwina Morecombe dijo que eso era precisamente lo que usted quería ver: unas Navidades a la antigua usanza. No podría encontrar una familia más a propósito que la nuestra. Mi marido está absolutamente sumergido en el pasado. Quiere que todo siga igual a como estaba cuando él era un chiquillo de doce años y venía a pasar aquí sus vacaciones. —Sonrió para sí—. Las mismas cosas de siempre: el árbol de Navidad, los calcetines colgados; la sopa de ostras, el pavo..., dos pavos, uno cocido y uno asado, y el pudding de ciruela, con el anillo, el botón de soltero y demás... No podemos meter en el pudding monedas de seis peniques porque ya no son de plata pura. Pero sí las golosinas de siempre: las ciruelas de Elvas y de Carlsbad, las almendras, las pasas, las frutas escarchadas y el jengibre. ¡Oh, perdón, parezco un catálogo de Fortnum y Mason!

—Está usted excitando mis jugos gástricos, señora.

—Supongo que mañana por la noche sufriremos todos una indigestión espantosa. No está uno acostumbrado a comer tanto en estos tiempos, ¿verdad que no?

La interrumpieron unos gritos y carcajadas procedentes del exterior, junto a la ventana. Mrs. Lacey echó una ojeada.

—No sé qué están haciendo ahí fuera. Estarán jugando a algo. Siempre he tenido mucho miedo de que la gente joven se aburra con nuestras Navidades. Pero nada de eso, todo lo contrario. Mis hijos y sus amigos solían mostrarse displicentes con nuestro modo de celebrar la Navidad. Decían que era una tontería, que armábamos demasiado barullo y que era mucho mejor ir a un hotel a bailar. Pero la nueva generación parece que encuentra todo esto de lo más atractivo. Además —añadió con sentido común—, los estudiantes siempre tienen hambre, ¿no le parece? Yo creo que en los internados los deben de tener a dieta. Todos sabemos que un chiquillo de esa edad come casi tanto como tres hombres fuertes.

Poirot se rio y dijo:

—Han sido muy amables, tanto usted como su marido, al incluirme a mí en su reunión de familia.

—¡Pero si estamos encantados! —le aseguró Mrs. Lacey—. Y si le parece que Horace se muestra poco afectuoso, no se preocupe, pues es su temperamento.

Lo que su marido el coronel Lacey había dicho en realidad era algo muy distinto:

—No comprendo por qué quieres que uno de esos condenados extranjeros venga a fastidiar la Navidad. ¿Por qué no lo invitamos en otra ocasión? No trago a los extranjeros. ¡Ya sé, ya sé! Edwina Morecombe quería que lo invitáramos. Me gustaría saber qué tiene esto que ver con ella. ¿Por qué no le invita ella a pasar las Navidades en su casa?

—Porque sabes muy bien que Edwina va siempre al Claridge —había dicho Mrs. Lacey.

Su marido le había dirigido una mirada suspicaz.

—No estarás tramando algo, ¿verdad, Em? —preguntó.

—¿Tramando algo? —Em lo miró abriendo mucho los ojos, de un azul intenso—. ¡Qué cosas dices! ¿Qué quieres que esté tramando?

El anciano coronel Lacey se rio, con una risa profunda y retumbante.

—Te creo muy capaz, Em. Cuando pones esa expresión tan inocente es que estás tramando algo.

Dando vueltas a esos recuerdos en su cabeza, Mrs. Lacey se dirigió de nuevo a Poirot.

—Edwina dijo que quizá pudiera usted ayudarnos... La verdad es que no veo cómo va a poder hacerlo, pero dijo que unos amigos suyos habían encontrado en usted una gran ayuda en un... en un caso parecido al nuestro. Es... a lo mejor no sabe usted de qué estoy hablando.

Poirot la alentó con la mirada. Mrs. Lacey se acercaba a los setenta. Su figura aún era esbelta y tenía el cabello blanquísimo, mejillas rosadas, ojos azules, una nariz ridícula y una barbilla voluntariosa.

—Si en algo puedo ayudar, sería para mí un placer el hacerlo —dijo Poirot—. Tengo entendido que se trata de una joven que se ha enamorado locamente de un hombre que no le conviene en absoluto.

Mrs. Lacey hizo un movimiento de cabeza afirmativo.

—Sí. Me resulta rarísimo el... bueno, el hablar con usted de esto. Después de todo, usted es un completo desconocido para nosotros...

—Y soy extranjero —añadió Poirot, en actitud comprensiva.

—Sí, pero puede que eso haga que, en cierto modo, resulte más fácil. Bueno, el caso es que Edwina cree que es posible que sepa usted algo..., ¿cómo diría yo?, algo útil acerca de ese joven Desmond Lee-Wortley.

Poirot se detuvo a admirar la habilidad de Mr. Jesmond y la facilidad con que se había servido de lady Morecombe para conseguir sus fines.

—Ese joven, según tengo entendido, no goza de muy buena reputación —empezó con cuidado.

—¡No, desde luego que no! ¡Tiene una fama espantosa! Pero eso no supone nada para Sarah. Nunca sirve de nada decirles a las muchachas que los hombres tienen mala fama, ¿no cree? Solo sirve para incitarlas más.

—Tiene usted muchísima razón —asintió Poirot.

—En mi juventud... —continuó Mrs. Lacey—, ¡ay, Dios mío, qué lejos está todo eso!, solían ponernos en guardia contra ciertos jóvenes y, naturalmente, eso aumentaba nuestro interés por ellos, y si podíamos agenciárnoslos para bailar o estar a solas con ellos en un invernadero oscuro... —Se rio—. Por eso no consentí que Horace hiciera nada de lo que se proponía llevar a cabo.

—Dígame exactamente qué es lo que la preocupa —dijo Poirot.

Mrs. Lacey se mostraba comunicativa.

—A nuestro hijo lo mataron en la guerra. Mi nuera murió al nacer Sarah, de modo que la niña ha estado siempre con nosotros. Puede que la hayamos educado mal, no lo sé. Pero nos pareció que debíamos darle la mayor libertad posible.

—Me parece una actitud muy prudente —dijo Poirot—. No se puede ir contra los tiempos.

—No, es lo que yo siempre he pensado. Y, por supuesto, las chicas de hoy hacen esas cosas.

Poirot la miró interrogante.

—Creo que la mejor manera de expresarlo es decir que

Sarah se ha mezclado con lo que llaman «intelectuales de cafetería»[1] —dijo Mrs. Lacey—. Unos bohemios, vaya. No quiere ir a bailes, ni ser presentada en sociedad ni nada de eso. Tiene dos habitaciones bastante desagradables en Chelsea, junto al río; va vestida con esa ropa rara que les gusta llevar y con medias negras o verde vivo, unas medias muy gruesas (¡con lo que pican!), y anda por ahí sin lavarse ni peinarse.

—*Ça c'est tout à fait naturel!* —murmuró Poirot—. Es la moda del momento. Más adelante se les pasa.

—Sí, ya lo sé —dijo Mrs. Lacey—. Eso no me preocuparía. Pero se va exhibiendo por ahí con ese Desmond Lee-Wortley, que, la verdad, tiene una reputación de lo más desagradable. Puede decirse que vive de las chicas ricas. Parece que se vuelven locas por él. Estuvo a punto de casarse con la chica de Hope, pero la familia de ella se la encomendó a un tribunal o algo así. Y, naturalmente, eso es lo que Horace quiere hacer. Dice que tiene que hacerlo para protegerla. Pero a mí no me parece que sea una buena idea, monsieur Poirot. Quiero decir que se escaparían juntos y se irían a Escocia, a Irlanda, a Argentina o a donde fuera y se casarían allí o vivirían juntos sin casarse. Y aunque eso suponga un desacato al tribunal, y todo eso... en resumidas cuentas no sirve para nada, ¿no le parece? Sobre todo si viene un niño. Entonces uno tiene que dejarlos que se casen. Y después, al cabo de uno o dos años, casi siempre acaban divorciándose. Luego la chica vuelve a casa y, después de uno o dos años, suele casarse con un muchacho que de tan bueno resulta aburrido y sienta cabeza. Pero es muy triste, sobre todo si hay un

1. En el original se habla de «*The coffee bar set*», una expresión que se usaba en los años cincuenta y sesenta en Reino Unido para referirse a un grupo social joven, moderno y a menudo bohemio que quedaba en cafeterías de moda *(coffee bars)*.

niño, porque no es lo mismo ser criado por un padrastro, por bueno que sea. No, yo creo que era mucho mejor como lo hacíamos en mi juventud. Nuestro primer amor era siempre un muchacho indeseable..., vaya, ¿cómo se llamaba? ¡Qué extraño, no puedo acordarme de su nombre de pila! El apellido era Tibbitt. Mi padre casi llegó a prohibirle la entrada en casa, pero solían invitarle a los mismos bailes que a mí y bailábamos juntos. Algunas veces nos escapábamos del salón y nos sentábamos fuera y otras veces algún amigo organizaba una excursión al campo a la que íbamos los dos. Todo esto era emocionantísimo y disfrutábamos una barbaridad con esos encuentros a hurtadillas. Pero no... no llegábamos a los extremos a que llegan las chicas de hoy. Y, después de algún tiempo, Tibbitt y los demás como él iban desvaneciéndose. Y, ¿sabe usted?, cuando lo volví a ver, cuatro años después, me preguntaba qué habría podido ver en él. ¡Me pareció tan aburrido! Muy superficial, incapaz de una conversación interesante.

—Uno siempre cree que los tiempos de su juventud eran los mejores —dijo Poirot, en tono algo sentencioso.

—Ya lo sé. Es un tema muy aburrido. No quiero que Sarah, que es un encanto de chica, se case con Desmond Lee-Wortley. Ella y David Welwyn, que ha venido también a pasar las Navidades con nosotros, han sido siempre tan buenos amigos y se tenían tanto cariño que Horace y yo teníamos esperanzas de que cuando llegara la edad se casarían. Pero, naturalmente, ahora lo encuentra aburrido y está obcecada con ese Desmond.

—No comprendo bien, señora —quiso aclarar Poirot—. ¿Dice usted que ese Desmond Lee-Wortley está aquí ahora, en esta casa?

—Eso ha sido obra mía —dijo Mrs. Lacey—. Horace estaba empeñado en prohibir a Sarah que lo viera. Claro, en tiempos de Horace el padre o tutor se hubiera presentado con una fusta en casa del joven. Horace estaba empeñado en prohibirle la entrada en esta casa y en prohibir a la chica que lo viera. Yo le dije que esa actitud era totalmente equivocada. «No —le dije—, invítales a venir aquí. Lo invitaremos a pasar las Navidades en familia.» Como es natural, mi marido dijo que estaba loca. Pero yo me mostré firme: «Por lo menos, querido, vamos a probar. Que Sarah lo vea en nuestro ambiente, en nuestra casa; estaremos con él muy amables y muy atentos y puede que entonces ella lo encuentre menos interesante».

—Creo que, como usted dice, hay algo en eso, señora —asintió Poirot—. Me parece muy inteligente su punto de vista. Más que el sostenido por su marido.

—Bueno, espero que lo sea —dijo Mrs. Lacey, no muy convencida—. Por ahora no parece que esté dando mucho resultado. Claro que solo lleva aquí un par de días. —En sus mejillas surcadas de arrugas apareció de pronto un hoyuelo—. Le voy a confesar algo, monsieur Poirot: yo misma no puedo evitar que me guste el chico. No es que me guste de verdad, con la cabeza, pero veo perfectamente su atractivo. Sí, sí, veo lo que Sarah ve en él. Pero soy lo bastante vieja y tengo experiencia suficiente para saber que es un completo desastre. Aunque su compañía me resulte agradable. Sin embargo —continuó, pensativa—, tiene algunas bellas cualidades. Nos preguntó si podía traer aquí a su hermana. La habían operado y estaba en el hospital. Dijo que sería muy triste para ella pasar las Navidades en un sanatorio y me preguntó si sería demasiada molestia traerla aquí con él. Sugirió que él podría encargarse de llevarle todas las comidas a su habitación. A mí me parece que estuvo muy bien, ¿no lo cree usted así, monsieur Poirot?

—Es una muestra de consideración hacia los demás que no parece encajar con el tipo —respondió Poirot, pensativo.

—No sé. Uno puede sentir afecto por su familia y al mismo tiempo aprovecharse de una muchacha rica. Sarah será muy rica algún día; no solo con lo que nosotros le dejemos... Eso, desde luego, no será mucho, porque la mayor parte del dinero irá a parar a Colin, mi nieto, junto con la casa... Pero su madre era una mujer muy rica y Sarah heredará todo su dinero cuando cumpla veintiún años. Ahora solo tiene veinte. Yo creo que estuvo muy bien que Desmond se preocupara de su hermana. Y no le dio importancia, como si no estuviera haciendo algo estupendo. Creo que ella es taquimecanógrafa; trabaja en una oficina en Londres. Desmond ha cumplido su palabra y le sube las bandejas con la comida. No siempre, claro, pero sí muchas veces. De modo que creo que algunas buenas cualidades sí las tiene. Aunque de todos modos —añadió con energía— no quiero que Sarah se case con él.

—Por todo lo que me han dicho de él sería un completo desastre.

—¿Cree usted que podría hacer algo por ayudarnos? —preguntó ansiosamente la dama.

—Creo que sí, que es posible, pero no quiero prometer demasiado, porque los tipos como Desmond Lee-Wortley son inteligentes. Sin embargo, no desespere. Es posible que pueda ayudar un poquito. De todos modos, haré todo lo que esté en mi mano, aunque solo fuera en agradecimiento por su bondad al invitarme a pasar con ustedes las fiestas navideñas. —Miró a su alrededor—. Imagino que no será fácil en estos tiempos organizar festejos.

—No es fácil, no. —Mrs. Lacey suspiró. Se inclinó hacia delante—. Monsieur Poirot, ¿sabe usted con lo que sueño? ¿Lo que de verdad me gustaría tener?

—No, dígame.

—Lo que deseo de verdad es tener una casita moderna de un solo piso. Bueno, puede que de un solo piso no, pero pequeña y que fuese fácil de gobernar, construida en algún rincón del parque, con una cocina provista de todos esos adminículos que ahora se estilan y sin pasillos largos.

—Es una idea muy factible.

—Para mí no lo es —dijo Mrs. Lacey—. Mi marido está enamorado de esta casa. Le encanta vivir aquí. No le importa estar un poco incómodo, no le importan los inconvenientes y odiaría, sí, odiaría vivir en una casita moderna en el parque.

—¿De modo que se sacrifica usted a sus deseos?

Mrs. Lacey se enderezó.

—No lo considero un sacrificio, monsieur Poirot —dijo—. Me casé con mi esposo decidida a hacerle feliz. Ha sido un buen marido y me ha hecho muy dichosa durante todos estos años, y quiero que él también lo sea.

—De manera que continuarán viviendo aquí —dijo Poirot.

—No es tan sumamente incómoda —advirtió Mrs. Lacey.

—No, no —se apresuró a decir Poirot—. Al contrario, es de lo más confortable. La calefacción central y el agua caliente del baño son perfectas.

—Hemos gastado mucho dinero en hacer los arreglos necesarios. Vendimos unas parcelas de terreno para urbanización. Afortunadamente no se ve nada desde la casa, están al otro extremo del parque. Era un terreno bastante feo, sin vista ninguna, pero nos lo pagaron muy bien. Con eso hemos podido hacer muchas mejoras.

—¿Y el servicio?

—Sí, bueno, no nos arreglamos tan mal como parece. Obviamente, no se puede pretender estar atendido y servido como estaba uno acostumbrado. Del pueblo vienen varias personas. Dos mujeres por la mañana, otras dos para hacer la comida de mediodía y la limpieza, y varias más por la tarde. Hay mucha gente dispuesta a venir a trabajar unas horas al día. Por Navidad tenemos mucha suerte. Mrs. Ross viene siempre. Es una cocinera estupenda, de verdadera categoría. Se retiró hace unos diez años, pero viene a ayudar siempre que hace falta. Luego tenemos a nuestro querido Peverell.

—¿Su mayordomo?

—Sí. Lo hemos jubilado, con una pensión, y vive en la casita que está cerca de la casa del guarda, pero nos quiere tanto que se empeña en venir a servirnos por Navidad. La verdad es, monsieur Poirot, que me tiene asustadísima, porque es tan viejo y está tan tembloroso que estoy segura de que si lleva algo pesado lo va a dejar caer. Es un verdadero suplicio. Además, no está muy bien del corazón y tengo miedo de que trabaje demasiado. Pero le dolería mucho que no le permitieran venir. Tuerce el gesto y hace una serie de ruiditos de desaprobación al ver cómo está la plata y, cuando lleva aquí tres días, todo vuelve a estar de maravilla. Sí. Es un amigo leal y muy querido. —Sonrió a Poirot—. Así que ya lo ve usted, estamos todos dispuestos para pasar unas felices Navidades. Y con nieve, además —añadió mirando hacia la ventana—. ¿Ve? Está empezando a nevar. ¡Ah!, aquí vienen los niños. Voy a presentárselos, monsieur Poirot.

El detective belga fue presentado con la debida ceremonia. Primero a Colin y Michael, el nieto y su amigo, dos estudiantes de quince años, agradables y educados, uno moreno y otro rubio. Luego a la prima de los niños, Bridget, una chiquilla morena de la misma edad aproximadamente y con una vitalidad enorme.

—Y esta es mi nieta, Sarah —terminó Mrs. Lacey.

Poirot miró con cierto interés a Sarah, una atractiva muchacha de melena roja. Le pareció un poco nerviosa y su actitud algo retadora, pero mostraba verdadero cariño por su abuela.

—Y este es Mr. Lee-Wortley.

Mr. Lee-Wortley llevaba un jersey de punto inglés y pantalones negros de dril, muy ceñidos; tenía el pelo bastante largo y no parecía que se hubiera afeitado aquella mañana. Contrastaba con el joven presentado como David Welwyn, corpulento y silencioso, con una sonrisa agradable y al parecer muy aficionado al agua y al jabón. Había otra persona más, una muchacha guapa, de mirada intensa, presentada como Diana Middleton.

Trajeron el té, una comida completa a base de tortas, bollos, bocadillos y tres clases de galletas. Los jóvenes rindieron a todo los debidos honores. El coronel Lacey llegó el último, observando con voz indiferente:

—¿Qué hay? ¡Ah, sí, té!

Cogió la taza de té de manos de su mujer, se sirvió dos tortas, dirigió una mirada de odio a Desmond Lee-Wortley y se sentó tan lejos de él como le fue posible. Era un hombre voluminoso, de cejas pobladas y rostro colorado y curtido. Parecía un campesino, más que el señor de la casa.

—Ha empezado a nevar —dijo—. Tendremos unas Navidades blancas.

Después del té, la reunión se disolvió.

—Supongo que ahora irán a jugar con sus cintas magnetofónicas —explicó Mrs. Lacey a Poirot, mirando con indulgencia a su nieto, que salía de la habitación. Igual tono habría empleado de decir: «Los niños van a jugar con sus soldaditos de plomo»—, se sienten muy atraídos por la técnica y le dan mucha importancia a todo eso.

Sin embargo, los chicos y Bridget decidieron ir al lago para patinar sobre el hielo.

—Yo creo que podíamos haber patinado esta mañana —dijo Colin—, pero el viejo Hodgkins dijo que no. ¡Es de una prudencia!

—Vamos a dar un paseo, David —propuso Diana Middleton suavemente.

David titubeó, con la vista fija en la cabeza pelirroja de Sarah; esta se hallaba junto a Desmond Lee-Wortley, con una mano apoyada en su brazo y la mirada levantada hacia él.

—Está bien —dijo entonces David Welwyn—. Sí, vamos.

Diana deslizó una mano por el brazo de David y se volvieron hacia la puerta del jardín. Sarah dijo:

—¿Vamos también nosotros, Desmond? Aquí está el aire viciadísimo.

—¿A quién se le ocurre andar? —dijo Desmond—. Sacaré el coche. Vamos al Speckled Boar a tomar una copa.

Sarah vaciló antes de decir:

—Vamos a Market Ledbury, al White Hart. Es mucho más divertido.

Aunque no lo hubiera reconocido por nada del mundo, Sarah sentía una repugnancia instintiva a ir con Desmond a la cervecería local. No estaba dentro de la tradición de Kings Lacey. Las mujeres de Kings Lacey nunca habían frecuentado el Speckled Boar... Tenía la sensación de que ir allí sería ofender al coronel Lacey y a su mujer. ¿Y por qué no?, habría dicho Desmond Lee-Wortley. Exasperada, Sarah pensó que debía saber por qué no. No tenía por qué disgustar sin necesidad a unas personas tan buenas como el abuelo y la querida Em. La verdad era que habían sido muy buenos al dejarla vivir su vida, sin comprender en lo más mínimo por qué querría vivir en Chelsea como vivía, pero aceptándolo. Eso, desde luego, se lo debía a Em. El abuelo hubiera armado un alboroto de miedo.

Sarah no se hacía ilusiones respecto a la actitud de su abuelo. Invitar a Desmond a Kings Lacey no había sido idea suya, sino de Em. Em, que era un cielo y siempre lo había sido.

Mientras Desmond iba a sacar el coche, Sarah volvió a asomar la cabeza en el salón.

—Nos vamos a Market Ledbury —dijo—. Vamos a tomar una copa al White Hart.

—Está bien, hijita —dijo Em—, me parece muy buena idea. Ya veo que David y Diana se han ido a pasear. ¡Me alegro tanto! Creo que he tenido una idea genial al invitar a Diana. ¡Es tan triste quedarse viuda tan joven! Veintidós años nada más... Espero que se vuelva a casar pronto.

Sarah la miró vivamente.

—¿Qué te traes entre manos, Em?

—Tengo un pequeño plan —dijo Mrs. Lacey, alegremente—. Me parece la persona más indicada para David. Ya sé que él estaba enamoradísimo de ti, Sarah, pero tú no quieres saber nada de él y comprendo que no es tu tipo. No quiero que siga sufriendo y creo que Diana le encaja a la perfección.

—¡Qué casamentera te has vuelto, Em! —exclamó Sarah.

—Ya lo sé. Todas las viejas lo somos. Me parece que a Diana le cae ya muy bien. ¿No te parece que es la mujer indicada para él?

—No creo... Me parece que Diana es..., no sé, demasiado intensa, demasiado seria. Creo que David se aburriría muchísimo si se casara con ella.

—Bueno, ya veremos. De todos modos a ti no te interesa, ¿verdad, hijita?

—¡No, qué me va a interesar! —respondió Sarah muy rápidamente. Y añadió con precipitación—: Te gusta Desmond, ¿verdad que sí, Em?

—Es un muchacho de lo más agradable.

—Al abuelo no le gusta.

—Bueno, eso era de esperar, ¿no te parece? —dijo Mrs. Lacey, con sentido común—, pero creo que llegará a ceder cuando se haga a la idea. Sarah, hijita, no debes apresurarle. Los viejos somos muy lentos en cambiar de manera de pensar y tu abuelo es muy testarudo.

—No me importa lo que el abuelo piense o diga —afirmó Sarah—. ¡Me casaré con Desmond cuando me parezca!

—Ya lo sé, hijita, ya lo sé. Pero procura ser realista. Tu abuelo puede dar mucha guerra. Todavía no eres mayor de edad. Dentro de un año podrás hacer lo que se te antoje. Espero que Horace cederá antes de ese tiempo.

—Tú estás de mi parte, ¿verdad, abuela? —dijo Sarah. Rodeó con sus brazos el cuello de Mrs. Lacey y le dio un beso cariñoso.

—Quiero que seas feliz —dijo la abuela—. Ahí está tu amigo con el coche. ¿Sabes que me gustan esos pantalones tan estrechos que llevan estos chicos modernos? Resultan tan elegantes..., lo malo es que su estrechez hace que se noten más las piernas torcidas.

Sí, pensó Sarah. Desmond tenía las piernas torcidas. Nunca se había fijado hasta aquel momento...

—Anda, hijita, diviértete —dijo Mrs. Lacey.

La mujer se quedó observándola mientras se dirigía al coche. Luego, recordando a su invitado extranjero, se encaminó a la biblioteca. Al llegar vio a Hércules Poirot echando una agradable siestecita y, sonriéndose, cruzó el vestíbulo y entró en la cocina a hablar con Mrs. Ross.

—Vamos, preciosa —dijo Desmond—. ¿Qué pasa? ¿Tu familia se ha puesto de malas porque vas a una cervecería? Llevan muchos años de retraso.

—No han hecho ningún aspaviento —replicó Sarah con viveza, entrando en el coche.

—¿A qué viene eso de invitar a ese tipo extranjero? Es detective, ¿verdad? ¿Qué falta hace aquí un detective?

—Pero si no está aquí profesionalmente... —dijo Sarah—. Edwina Morecombe, mi madrina, nos pidió que lo invitáramos. Creo que hace mucho que se ha retirado de la profesión.

—Parece tan pasado de moda como la polca.

—Quería vivir unas Navidades inglesas a la antigua, creo —explicó Sarah, vagamente.

Desmond se rio con desprecio.

—¡Cuánta patochada! —exclamó—. No me explico cómo puedes aguantarlo.

Sarah echó hacia atrás sus cabellos rojos y alzó su barbilla, de súbito agresiva.

—¡Me encanta! —dijo, retadora.

—Imposible, muñeca. Vamos a acabar con todo esto mañana. Vámonos a Scarborough o a cualquier sitio.

—No puedo hacer eso.

—¿Por qué no?

—Les dolería mucho.

—¡Bah, monsergas! Sabes muy bien que no te gusta toda esa sensiblería infantil.

—Bueno, puede que no me guste, pero...

Sarah se calló de pronto. Se dio cuenta, con un sentimiento de culpabilidad, de que estaba deseando celebrar la Navidad. Le encantaba todo aquello, pero le daba vergüenza confesárselo a Desmond. No se estilaba disfrutar de las fiestas navideñas y de la vida familiar. Por un momento deseó que Desmond no hubiera ido a Kings Lacey a pasar las Navidades. En realidad, casi habría sido mejor que no viniera ni entonces ni nunca. Era mucho más divertido ver a Desmond en Londres que allí, en casa.

Entretanto, los chicos y Bridget volvían del lago, discutiendo con mucha seriedad los problemas del patinaje. Habían caído algunos copos y, mirando al cielo, era fácil profetizar que no tardaría mucho en caer una gran nevada.

—Va a nevar toda la noche —dijo Colin—. Te apuesto algo a que el día de Navidad por la mañana tenemos dos palmos de nieve.

Era una perspectiva muy agradable para ellos.

—Vamos a hacer un muñeco de nieve —dijo Michael.

—¡Dios mío! —exclamó Colin—. Hace que no hago un muñeco de nieve desde..., bueno, desde que tenía cuatro años.

—A mí no me parece nada fácil hacerlo —se lamentó Bridget—. Hay que tener cierta práctica.

—Podíamos hacer una estatua de monsieur Poirot —dijo Colin—. Ponerle un gran bigote negro. Hay uno en la caja de disfraces.

Michael dijo, pensativo:

—Yo no comprendo cómo monsieur Poirot ha podido ser en su vida un buen detective. No comprendo cómo podía disfrazarse.

—Es cierto —dijo Bridget—, no puede uno imaginárselo corriendo por ahí con una lupa y buscando pistas o midiendo pisadas.

—Tengo una idea —dijo Colin—. Vamos a representar una comedia para él.

—¿Una comedia? ¿Qué quieres decir? —preguntó Bridget.

—Sí, prepararle un asesinato.

—¡Qué idea más genial! —dijo Bridget—. ¿Quieres decir poner un cadáver en la nieve...?

—Sí. Eso le haría sentir confianza, ¿no os parece?

Bridget soltó una risita.

—No creo que me atreva a ir tan lejos.

—Si nieva tendremos el escenario perfecto —dijo Colin—. Un cadáver y unas pisadas..., tendremos que pensarlo muy bien todo, coger una de las dagas del abuelo y verter un poco de sangre.

Se separaron y, sin darse cuenta de que empezaba a nevar copiosamente, se enzarzaron en una animada discusión.

—Hay una caja de pintura en la antigua sala de estudios. Podríamos hacer una mezcla para la sangre..., creo que carmesí iría bien.

—Yo creo que el carmesí es demasiado rosado —dijo Bridget—. Tendría que ser más castaño.

—¿Quién va a ser el cadáver? —preguntó Michael, intrigado.

—Yo —se ofreció Bridget rápidamente.

—Oye, que yo he sido el de la idea —dijo Colin.

—No, no —volvió a insistir Bridget—. Tengo que ser yo. Tiene que ser una chica. Es más emocionante. Hermosa muchacha yace sin vida en la nieve...

—¡Hermosa muchacha! Ja, ja —se burló Michael.

—Además, tengo el pelo negro —dijo Bridget.

—¿Y eso qué tiene que ver?

—Resaltaría mucho en la nieve. Y me pondría mi pijama rojo.

—Si te pones un pijama rojo no se notarán las manchas de sangre —advirtió Michael, empleando un tono práctico.

—¡Pero produciría tanto efecto sobre la nieve! —dijo Bridget—. Y además tiene rayas blancas, de modo que podríamos verter la sangre en ellas. ¡Ay, sería estupendo! ¿Creéis que le engañaremos?

—Si lo hacemos bien, sí —dijo Michael—. En la nieve solo se verán tus pisadas y las de otra persona, acercándose al cadáver y luego marchándose..., pisadas de hombre, claro. No querrá estropear las pisadas, de modo que no sabrá que no estás muerta de verdad. Oíd, ¿creéis que...? —se detuvo, asaltado por una idea repentina. Los otros dos lo miraron—. ¿Creéis que se enfadará?

—No, no creo —repuso Bridget con optimismo—. Estoy segura de que comprenderá que lo hemos hecho para entretenerle. Una especie de regalo de Navidad.

—Me parece que no estaría bien hacerlo el día de Navidad —dijo Colin, reflexivo—. No creo que al abuelo le gustara mucho.

—Pues el veintiséis entonces —propuso Bridget.

—Sí, el veintiséis será estupendo —dijo Michael.

—Así además nos dará más tiempo —prosiguió Bridget—. Hay que tener en cuenta que es necesario preparar un montón de cosas. Vamos a ver los trastos.

Entraron precipitadamente en la casa.

Capítulo 3

La tarde fue muy movida. Habían traído grandes cantidades de acebo y de muérdago y en un extremo del comedor fue instalado un árbol de Navidad. Todo el mundo contribuyó a decorarlo, a poner ramas de acebo detrás de los cuadros y a colgar el muérdago en el lugar conveniente en el vestíbulo.

—No tenía idea de que se practicaran todavía estas costumbres tan arcaicas —le dijo Desmond a Sarah en voz baja, sonriendo con desprecio.

—Siempre lo hemos hecho —respondió Sarah, a la defensiva.

—¡Menuda excusa!

—¡Por favor, Desmond, no te pongas pesado! Yo lo encuentro muy divertido.

—¡Sarah, cariño, no es posible!

—Bueno, no..., puede que en el fondo no..., pero sí, en cierto modo, sí.

—¿Quién va a desafiar la nieve para ir a la misa de medianoche? —preguntó Mrs. Lacey a las doce menos veinte.

—Yo, no —respondió con presteza Desmond—. Vamos, Sarah.

Poniéndole una mano en el brazo, la condujo a la biblioteca, al lugar donde estaban los discos.

—Todo tiene un límite, querida —gruñó Desmond—. ¡Misa de medianoche!

—Sí —repuso Sarah—. Sí, claro.

Con muchas risas y pateando el suelo para entrar en calor, casi todos los demás se pusieron los abrigos y salieron. Los dos chicos, Bridget, David y Diana emprendieron el paseo de diez minutos hasta la iglesia, bajo la nieve. Sus risas se fueron perdiendo a lo lejos.

—¡Misa de medianoche! —dijo el coronel Lacey con un bufido—. Nunca fui a una misa de medianoche en mi juventud. ¡Ah, usted perdone, monsieur Poirot!

El belga agitó una mano en el aire.

—Nada, nada. No se preocupe por mí.

—En mi opinión, a todo el mundo debería gustarle el servicio de la mañana —añadió el coronel—. Un buen servicio dominical. «Escucha, los ángeles cantan» y todos los viejos himnos cristianos. Y luego vuelta a casa, a la comida de Navidad. Es así como debe ser, ¿no te parece, Em?

—Sí, querido —repuso Mrs. Lacey—. Eso es lo que nosotros hacemos. Pero a la juventud le gusta el servicio de medianoche. Y, realmente, es una buena cosa que quieran ir.

—Sarah y ese individuo no quieren ir.

—En eso, querido, creo que te equivocas —dijo Mrs. Lacey—. Sarah sí quería ir, pero no le gustó decirlo.

—No comprendo que le importe la opinión de ese individuo.

—Es muy joven todavía —comentó su esposa plácidamente—. ¿Se va usted a la cama, monsieur Poirot? Buenas noches. Espero que duerma bien.

—¿Y usted, señora? ¿No se acuesta todavía?

—Todavía no. Aún tengo que llenar los calcetines. Ya sé que todos ellos casi son adultos, pero les gusta eso de los calcetines. Se ponen dentro cosas de broma, objetos sin importancia... Sin embargo, resulta muy divertido.

—Trabaja usted mucho para que reine la alegría en esta casa en Navidad —dijo Poirot—. Merece mi respeto.

Se llevó galantemente a los labios la mano de Mrs. Lacey.

—¡Hum! —gruñó el coronel Lacey después que se hubo marchado Poirot—. Un tipo muy florido. Pero se ve que te aprecia.

La dama sonrió.

—¿Te has dado cuenta, Horace, de que estoy debajo del muérdago? —preguntó con la picardía de una muchacha de diecinueve años.

Hércules Poirot entró en la habitación. Era un dormitorio grande, con abundancia de radiadores. Al acercarse a la gran cama de columnas vio un sobre encima de la almohada. Lo abrió y sacó de él un trozo de papel. En él, con letras mayúsculas, decía:

NO COMA NADA DEL PUDDING DE CIRUELAS.

UNA QUE LE QUIERE BIEN.

El detective se quedó mirando el texto.

—Un jeroglífico —murmuró, alzando las cejas—, y completamente inesperado.

Capítulo 4

La comida de Navidad empezó a las dos de la tarde y fue un verdadero banquete. Unos enormes troncos crepitaban alegremente en la gran chimenea y el chisporroteo quedaba sofocado por un babel de lenguas hablando al mismo tiempo. Ya se habían comido la sopa de ostras y dos grandes pavos habían hecho su aparición, para volver a la cocina convertidos en esqueletos. El momento supremo había llegado. El pudding de Navidad fue llevado al comedor con toda la pompa. El viejo Peverell, temblándole las manos y las rodillas con la debilidad de sus ochenta años, no consintió que nadie lo llevara sino él. Mrs. Lacey se apretaba las manos, llena de ansiedad. ¡Un día de Navidad, seguro, Peverell caería difunto! Teniendo que escoger entre el riesgo de que cayera muerto o herir sus sentimientos de tal modo que prefiriera caer muerto a estar vivo, Mrs. Lacey había escogido hasta entonces la primera de las dos alternativas. En una bandeja de plata, el pudding de Navidad reposaba en toda su gloria. Era realmente grande, con una ramita de acebo prendida en él como una bandera triunfal y rodeado de gloriosas llamas azules y rojas. Se oyeron gritos de alegría y de pasmo.

Mrs. Lacey había conseguido algo: persuadir a Peverell de que colocara el pudding frente a ella, en lugar de pasarlo alrededor de la mesa. Al verlo sano y salvo, Mrs. Lacey lanzó un suspiro de alivio. Fueron pasándole rápidamente los platos, con las llamas lamiendo todavía las porciones de pudding.

—Pida algo, monsieur Poirot —exclamó Bridget—. Pida algo antes de que la llama se apague. ¡Corre, abuelito, corre!

Mrs. Lacey se echó hacia atrás, lanzando un suspiro de satisfacción. La Operación Pudding había resultado un éxito. Delante de cada comensal había una ración envuelta en llamas. Se produjo un breve silencio alrededor de la mesa, mientras todo el mundo hacía su petición.

Nadie pudo observar la expresión extraña del rostro de monsieur Poirot mientras miraba la ración de pudding de su plato. «No coma nada del pudding de ciruela.» ¿Qué podría querer decir aquella advertencia siniestra? ¡No podía haber ninguna diferencia entre su ración de pudding y la de cualquier otro! Suspirando, tuvo que reconocer que estaba desconcertado. Y a Hércules Poirot nunca le gustaba reconocer que estaba desconcertado. Cogió la cuchara y el tenedor.

—¿Un poco de salsa de mantequilla, monsieur Poirot?

Poirot se sirvió salsa de mantequilla, mostrando su aprobación.

—Has cogido otra vez mi mejor coñac, ¿verdad, Em? —dijo el coronel de buen humor desde el otro extremo de la mesa.

Mrs. Lacey le sonrió.

—Mrs. Ross insiste en usar el mejor coñac, querido —dijo—. Dice que en eso consiste todo lo notable del plato.

—Bueno, bueno —dijo el coronel Lacey—. Solo es Navidad una vez al año y Mrs. Ross es una excelente cocinera.

—Ya lo creo que lo es —dijo Colin—. Menudo pudding de ciruelas.

Se metió en la boca un gran bocado.

Suavemente, casi con cautela, Poirot atacó su ración. Comió un bocado. ¡Estaba delicioso! Probó otro bocado. En su plato había un objeto brillante. Investigó con un tenedor. Bridget, sentada a su izquierda, acudió en su ayuda.

—Tiene usted algo ahí, monsieur Poirot —dijo—. ¿Qué será?

Poirot apartó las pasas que rodeaban un pequeño objeto de plata.

—¡Ah! —dijo Bridget—. ¡Es el botón de soltero! ¡Monsieur Poirot tiene el botón de soltero!

Poirot sumergió el pequeño botón de plata en el agua que tenía en su plato para enjuagarse las manos y le quitó las migas de pudding.

—Es muy bonito —observó.

—Eso significa que se va a quedar soltero, monsieur Poirot —explicó.

—Eso es de suponer —repuso Poirot con gravedad—. Llevo muchísimos años soltero y es improbable que vaya a cambiar ahora de estado.

—No pierda las esperanzas —dijo Michael—. Leí en el periódico el otro día que un hombre de noventa y cinco se casó con una chica de veintidós.

—Me das ánimos —contestó sonriendo Hércules Poirot.

De repente, el coronel Lacey lanzó una exclamación. Con el rostro amoratado, se llevó la mano a la boca.

—¡Maldita sea, Emmeline! —bramó—. ¿Cómo le consientes a la cocinera poner un cristal en el pudding?

—¡Cristal! —exclamó Mrs. Lacey, atónita.

El coronel Lacey sacó de la boca el cortante fragmento.

—Me podía haber roto una muela —gruñó—. O habérmelo tragado sin advertirlo y provocarme una apendicitis.

Dejó caer el trozo de vidrio en la vasija de enjuagarse los dedos, lo limpió y lo contempló unos segundos.

—¡Válgame Dios! —exclamó—. Es una piedra roja de uno de los broches de los petardos.

Lo sostuvo en alto.

—¿Me permite?

Con mucha habilidad, monsieur Poirot extendió un brazo por detrás de su vecino de mesa, cogió la piedra de los dedos del coronel Lacey y la examinó con atención. Como había dicho el señor de la casa, era una piedra roja, color rubí. Al darle vueltas, sus distintas caras lanzaban destellos. Uno de los comensales apartó vivamente su silla y enseguida la devolvió a su sitio.

—¡Caray! —exclamó Michael—. ¡Qué imponente, si fuera de verdad!

—A lo mejor es de verdad —dijo Bridget, esperanzada.

—No seas tonta, Bridget. Un rubí de ese tamaño valdría miles y miles de libras. ¿Verdad, monsieur Poirot?

—Verdad, verdad —confirmó Poirot.

—Pero lo que yo no comprendo —dijo Mrs. Lacey— es cómo ha ido a parar al pudding.

—¡Ay! —exclamó Colin, concentrando su atención en el pudding que tenía en la boca—. Me ha tocado el cerdo. No es justo.

Bridget empezó a canturrear:

—¡Colin tiene el cerdo! ¡Colin tiene el cerdo! ¡Colin es el cerdito tragón!

—Yo tengo el anillo —dijo Diana con voz alta y clara.

—Qué suerte tienes, Diana. Te casarás antes que ninguno de nosotros.

—Yo tengo el dedal —se lamentó Bridget.

—Bridget se va a quedar solterona —canturrearon los dos chicos—. Bridget se va a quedar solterona.

—¿A quién le ha tocado el dinero? —preguntó David—. En el pudding hay una auténtica moneda de oro de diez chelines. Me lo ha dicho Mrs. Ross.

—Creo que yo soy el afortunado —dijo Desmond Lee-Wortley.

Los dos vecinos de mesa del coronel Lacey le oyeron murmurar:

—¡Cómo no!

—Yo tengo el anillo —dijo David. Miró a Diana—. Qué coincidencia, ¿verdad?

Continuaron las risas. Nadie se dio cuenta de que monsieur Poirot, con disimulo, como si estuviese pensando en otra cosa, había deslizado la piedra roja en uno de sus bolsillos.

Después del pudding vinieron las empanadillas de frutas secas y la tarta de Navidad. Luego, las personas mayores se retiraron a echar una bien merecida siesta antes de la ceremonia de encender el árbol de Navidad, a la hora del té. Hércules Poirot, sin embargo, no se echó, sino que se dirigió a la enorme y antigua cocina.

Mirando a su alrededor y sonriendo, dijo:

—¿Me está permitido felicitar a la cocinera por la maravillosa comida que acabo de saborear?

Después de cierta vacilación, Mrs. Ross se adelantó majestuosamente a saludarle. Era una mujer voluminosa, con la dignidad de una duquesa de teatro. En la cocina, dos mujeres delgadas, de pelo gris, estaban fregando los cacharros y una muchacha de pelo rubio claro hacía viajes entre las dos habitaciones. Pero se veía claramente que esas mujeres no eran sino pinches. Mrs. Ross era indudablemente la reina de la cocina.

—Me alegro de que le haya gustado, señor —dijo con gracia.

—¡Gustado! —exclamó Hércules Poirot. Con un gesto muy extravagante, se llevó la mano a los labios, la besó y lanzó un beso al techo—. ¡Pero si es usted un genio, Mrs. Ross! ¡Un genio! ¡Nunca había saboreado una comida tan maravillosa! La sopa de ostras... —hizo un ruido expresivo con los labios—, y el relleno... El relleno de castañas del pavo no puede igualarse.

—Vaya, me sorprende que diga eso, señor —respondió Mrs. Ross, halagada—. El relleno es una receta muy especial. Me la dio un chef australiano con quien trabajé muchos años. Pero todo lo demás —añadió— no es más que buena cocina inglesa de tipo casero.

—¿Y existe algo mejor que eso? —preguntó Hércules Poirot.

—Vaya, es usted muy amable, señor. Claro que siendo usted un caballero extranjero puede que hubiera preferido el estilo continental. No es que no sepa hacer platos continentales también...

—¡Estoy seguro, Mrs. Ross, de que usted sabe hacer lo que sea! Pero debe usted saber que la cocina inglesa, la buena cocina inglesa, no lo que le dan a uno en hoteles y restaurantes de segunda categoría, es muy apreciada por los *gourmets* del continente y creo que no me equivoco al decir que a principios del siglo XVIII vino a Londres una misión especial y que esta misión mandó a Francia un informe sobre las excelencias de los puddings ingleses. «En Francia no tenemos nada parecido», escribieron. «Vale la pena hacer el viaje a Londres solo para probar la variedad y las excelencias de los puddings ingleses.» Y, por encima de todos —continuó Poirot lanzando una especie de rapsodia—, está el pudding de ciruelas de Navidad como el que hemos comido hoy. Era hecho en casa, ¿verdad? No comprado, hecho, quiero decir.

—Sí, señor, hecho en casa. Elaborado por mí, con una receta mía, tal como lo llevo haciendo desde hace muchos años. Cuando vine, Mrs. Lacey dijo que encargaría un pudding a una tienda de Londres para ahorrarme trabajo. Pero yo le dije: «No, señora, se lo agradezco mucho, pero no hay pudding de tienda que pueda compararse con el hecho en casa». Claro —dijo después la mujer, animándose con el tema, como la artista que era— que ha sido elaborado demasiado cerca del día. Un pudding de Navidad como es debido tenía que ser hecho con varias semanas de anticipación y dejarlo descansar. Cuanto más tiempo se conservan, siempre dentro de lo razonable, mejor están. Me acuerdo ahora de que cuando era niña estábamos esperando que en la iglesia, en determinado domingo, se recitase cierta oración, porque esa oración era, como si dijéramos, la señal de que había que hacer los puddings aquella semana. Y siempre los hacíamos. Oíamos la oración del domingo y aquella semana era seguro que mi madre hacía los puddings de Navidad. Y aquí, este año, debía haber sido lo mismo. Pero no se hizo hasta tres días antes, la víspera de llegar usted, señor. En lo demás, seguí con la costumbre antigua. Todos los de la casa tuvieron que venir a la cocina a batir una vez y pedir un deseo. Es una vieja costumbre, señor, y la he conservado.

—Sumamente interesante —dijo Hércules Poirot—. Sumamente interesante. ¿De modo que todos vinieron a la cocina?

—Sí, señor. Los señoritos más jóvenes, miss Bridget, el caballero de Londres que ha venido a pasar las fiestas, su hermana, David y miss Diana..., Mrs. Middleton, mejor dicho... Todos le dieron una vuelta al pudding.

—¿Cuántos hizo usted? ¿Fue este el único que hizo?

—No, señor. Hice cuatro. Dos grandes y dos más pequeños. El otro grande pensaba ponerlo el día de Año Nuevo y los dos más pequeños para el coronel y Mrs. Lacey cuando estén, como quien dice, solos, sin tanta familia.

—Comprendo, comprendo.

—En realidad, señor —continuó Mrs. Ross—, el que han comido ustedes hoy no era el que estaba dispuesto.

—¿Que no era el que estaba dispuesto? —Poirot frunció el entrecejo—. ¿Cómo es eso?

—Pues verá, señor. Tenemos un molde grande para Navidad. Un molde de porcelana, con un dibujo de acebo y de muérdago en la parte de arriba, y siempre cocemos el pudding del día de Navidad en ese molde. Pero nos ha ocurrido una desgracia. Esta mañana, cuando Annie estaba bajándolo del estante de la despensa, ha resbalado, se le ha caído el molde de la mano y se ha roto. Como es natural, no podía ponerlo en la mesa. Podía tener dentro trocitos de porcelana. De modo que hemos tenido que poner el otro, el del día de Año Nuevo, que estaba hecho en un molde sin dibujo. Sale de muy buen tamaño, aunque no es tan decorativo como el molde de Navidad. La verdad es que no sé dónde vamos a encontrar otro molde como aquel. Ahora no hacen moldes de ese tamaño. Solo hacen cositas como de juguete. Si ni siquiera puede uno comprar un plato de desayuno como es debido, donde quepan de ocho a diez huevos y el tocino. ¡Ah, las cosas ya no son como eran!

—No, es verdad —dijo Poirot—. Pero hoy no ha sido así. Este día de Navidad ha sido como los antiguos, ¿no es cierto?

—Me alegra oírselo decir, señor, pero no tengo la ayuda que solía tener. No tengo gente eficiente. Las chicas de ahora —bajó ligeramente la voz— tienen muy buena intención y muy buena voluntad, pero no tienen preparación; no sé si me entiende.

—Sí, los tiempos cambian —dijo Hércules Poirot—. A mí también me da pena algunas veces.

—Esta casa es demasiado grande para los señores —explicó Mrs. Ross—. La señora bien se da cuenta. Vivir en una esquina, como hacen ellos, no es lo mismo. Solo viven, como si dijéramos, por Navidad, cuando vienen todos los de la familia.

—Creo que es la primera vez que ese señor Lee-Wortley y su hermana han venido aquí, ¿no?

La voz de Mrs. Ross se hizo entonces un tanto reservada.

—Sí, señor. Un caballero muy agradable, pero..., vaya, no parece un amigo muy apropiado para miss Sarah, según nuestras ideas. ¡Claro que en Londres hay otras costumbres! Es una pena que su hermana esté tan mal de salud. La han operado. El primer día parecía que estaba bien, pero después de batir los puddings, se volvió a poner mala y desde entonces ha estado siempre en la cama. ¡Seguro que se habrá levantado demasiado pronto después de la operación! ¡Ay, estos médicos de ahora le echan a uno del hospital cuando casi no puede aún sostenerse en pie! La mujer de mi sobrino...

Y Mrs. Ross se metió en una larga y animada relación del tratamiento recibido por sus parientes en los hospitales, comparándolo desfavorablemente con la consideración que habían tenido con ellos en otros tiempos.

Poirot hizo los oportunos comentarios de condolencia.

—Solo me queda darle las gracias por esta exquisita y suculenta comida —dijo—. ¿Me permite una pequeña muestra de mi agradecimiento?

Un billete nuevo de cinco libras pasó de su mano a la de Mrs. Ross, que dijo por puro formalismo:

—No debía usted hacer esto, señor.

—Insisto. Insisto.

—Bueno, pues muchas gracias. —Mrs. Ross aceptó el tributo como homenaje merecido—. Le deseo, señor, unas felices Pascuas y próspero Año Nuevo.

Capítulo 5

El final del día de Navidad fue muy parecido al final de la mayoría de los días de Navidad. Se encendió el árbol y a la hora del té se sirvió una espléndida tarta, que fue recibida con elogios, pero de la que se comió moderadamente. A última hora se sirvió una cena fría.

Poirot y sus anfitriones se fueron temprano a la cama.

—Buenas noches, monsieur Poirot —dijo Mrs. Lacey—. Espero que se haya divertido.

—Ha sido un día maravilloso, señora. Maravilloso.

—Parece que está usted muy pensativo —añadió Mrs. Lacey.

—Estoy pensando en el pudding de Navidad.

—¿A lo mejor lo ha encontrado usted algo pesado? —preguntó la dama con delicadeza.

—No, no. No hablo gastronómicamente. Estoy pensando en su significado.

—Desde luego, es una tradición —dijo Mrs. Lacey—. Bueno, buenas noches, monsieur Poirot, y no sueñe demasiado con puddings de Navidad y empanadas de frutas secas.

—Sí —murmuró Poirot para sí, mientras se desnudaba—. Ese pudding es un problema. Hay algo aquí que no comprendo en absoluto. —Meneó la cabeza con irritación—. Bueno, ya veremos.

Después de algunos preparativos, el detective se acostó, pero no se durmió.

Unas dos horas más tarde, su paciencia fue recompensada. La puerta de su dormitorio se abrió muy suavemente. Sonrió para sí. Estaba sucediendo lo que él esperaba que sucediera. Recordó fugazmente la taza de café que Desmond Lee-Wortley le había ofrecido con tanta cortesía. Poco después, aprovechando que este estaba de espaldas, Poirot había dejado la taza unos segundos sobre la mesa. Luego, al parecer, había vuelto a cogerla y Desmond había tenido la satisfacción de verle beber hasta la última gota de café. Una sonrisita subió al bigote de Poirot al pensar que no era él, sino otra persona, quien estaba durmiendo profundamente aquella noche.

«David, ese joven tan agradable —se dijo Poirot—, está muy preocupado, es desgraciado. No le vendrá mal dormir bien de verdad una noche. Y ahora vamos a ver qué pasa.»

Se quedó muy quieto, respirando rítmicamente y lanzando de cuando en cuando un ronquido ligero, ligerísimo.

La puerta se entornó.

Una persona se acercó a su cama y se inclinó sobre él. Satisfecha, se volvió y se dirigió hacia el tocador. A la luz de una linterna pequeñísima, el visitante examinaba los objetos personales de Poirot, colocados ordenadamente sobre el tocador. Los dedos examinaron la cartera, abrieron con suavidad los cajones y continuaron después la búsqueda por los bolsillos de la ropa del belga. Por último, el visitante se acercó a la cama y, con mucha precaución, deslizó la mano bajo la almohada. Retiró la mano y permaneció un momento como si no supiera qué hacer. Anduvo por la estancia, mirando dentro de los objetos de adorno, y se dirigió al cuarto de baño contiguo, de donde regresó poco después. Luego, lanzando una débil exclamación de descontento, salió de la habitación.

—¡Ah! —susurró Poirot—. Te has llevado una desilusión. Sí, sí, una desilusión muy grande. ¡Bah! ¿Cómo pudiste imaginar siquiera que Poirot iba a esconder algo donde tú pudieras encontrarlo?

Y dándose la vuelta sobre el otro lado, se durmió plácidamente.

A la mañana siguiente le despertaron unos golpecitos suaves, pero urgentes, dados en su puerta.

—*Qui est là?* Pase, pase.

La puerta se abrió. Colin estaba en el umbral, jadeando y con el rostro encendido. Detrás de él se hallaba Michael.

—¡Monsieur Poirot, monsieur Poirot!

—¿Sí? —El detective se sentó en la cama—. ¿Es el té de primera hora? Pero si es usted, Colin. ¿Qué ha ocurrido?

El aludido se quedó sin habla durante algunos segundos. Parecía hallarse dominado por una emoción muy fuerte. En realidad, era el gorro de dormir que tenía puesto Hércules Poirot lo que le afectaba los órganos de la palabra. Se dominó y dijo:

—Creo..., monsieur Poirot... ¿Podría usted ayudarnos? Ha ocurrido algo horrible.

—¿Que ha ocurrido algo? Pero ¿qué?

—Es... es Bridget. Está ahí fuera, en la nieve. Creo que... no se mueve ni habla y... Será mejor que venga y lo vea por sí mismo. Tengo un miedo terrible de que... de que esté muerta.

—¿Qué? —Poirot echó a un lado la ropa de la cama—. ¡Mademoiselle Bridget... muerta!

—Creo que... creo que la han asesinado. Hay... hay sangre y... ¡Ay, venga, venga, por favor!

—Claro, claro. Voy enseguida.

Poirot metió los pies en los zapatos y se puso un abrigo de forro de piel sobre el pijama.

—Voy —dijo—. Voy al momento. ¿Han despertado a la familia?

—No, no. No se lo he dicho a nadie más que a usted. Me ha parecido lo mejor. Los abuelos no se han levantado todavía. Están poniendo la mesa para el desayuno abajo, pero no le he dicho nada a Peverell. Ella... Bridget está al otro lado de la casa, cerca de la terraza y de la ventana de la biblioteca.

—¡Ah! Vaya delante. Yo le sigo.

Volviendo la cara hacia el otro lado para ocultar su sonrisa satisfecha, Colin bajó las escaleras delante de los demás. Salieron por la puerta lateral. Era una mañana clara y el sol todavía no estaba muy alto. Había nevado mucho durante la noche y todo estaba cubierto por una alfombra ininterrumpida de espesa nieve. El mundo parecía muy puro, blanco y hermoso.

—¡Allí! —dijo Colin conteniendo la respiración—. ¡Allí es!

Señaló arrebatadamente con el dedo.

La escena era de lo más dramática. A unos metros de distancia, yacía Bridget sobre la nieve. Llevaba puesto un pijama rojo y una estola de lana blanca alrededor de los hombros. La estola estaba manchada de rojo. Tenía la cabeza vuelta hacia un lado y oculta bajo la masa extendida de sus cabellos negros. Uno de los brazos estaba debajo del cuerpo y el otro extendido, con los dedos apretados. Del centro de la mancha carmesí sobresalía el puño de un cuchillo curdo que el coronel Lacey había mostrado a sus invitados la noche anterior.

—*Mon Dieu!* —dijo Poirot—. ¡Parece de teatro!

Michael hizo un ruido, como si se asfixiara. Colin acudió inmediatamente en su ayuda.

—Es cierto —dijo—. Tiene algo que no... parece real, ¿verdad? ¿Ve usted esas pisadas? Supongo que no podremos tocarlas...

—Ah, sí, las pisadas. No, debemos tener cuidado de no tocar esas pisadas.

—Eso es lo que yo he pensado —dijo Colin—. Por eso

no he dejado que nadie se acercara hasta que viniera usted. Pensé que usted sabría qué hacer.

—De todos modos —repuso Poirot vivamente—, primero tenemos que ver si está viva. ¿No es cierto?

—Bueno..., sí..., claro —respondió Michael, un poco indeciso—, pero pensamos que... no queríamos...

—¡Ah, posee usted la virtud de la prudencia! Ha leído muchas novelas policíacas. Es importantísimo no tocar nada y dejar el cadáver como está. Pero no tenemos la seguridad de que haya un cadáver, ¿no cree? Después de todo, aunque la prudencia es admirable, los sentimientos humanitarios deben prevalecer. Tenemos que pensar en el médico antes que en la policía.

—Sí, sí. Claro —dijo Colin, todavía algo desconcertado.

—Creíamos que... pensamos que era mejor ir a buscarle a usted antes de hacer nada —intervino Michael rápidamente.

—Quédense aquí los dos —les advirtió Poirot—. Yo me acercaré por el otro lado para no tocar esas pisadas. Unas pisadas tan estupendas, tan sumamente claras... Las pisadas de un hombre y de una muchacha que se dirigen juntas al lugar donde está ella. Luego las pisadas del hombre vuelven..., pero las de la muchacha no.

—Tienen que ser las pisadas del asesino —sugirió Colin, conteniendo la respiración.

—Exactamente —dijo Poirot—. Las pisadas del asesino. Un pie largo y estrecho, con un zapato bastante raro. Muy interesante. Creo que serán fáciles de identificar. Sí, esas pisadas van a ser muy importantes.

En aquel momento, Desmond Lee-Wortley salía con Sarah de la casa y se acercó a ellos.

—Pero ¿qué están haciendo ahí todos ustedes? —preguntó en actitud un tanto teatral—. Les he visto desde la ventana de mi cuarto. ¿Qué pasa? Dios mío, ¿qué es eso? Pa... parece...

—Sí, parece lo que imagina —le interrumpió Poirot—. Parece un asesinato, ¿verdad?

Sarah dejó escapar un sonido entrecortado y luego miró a los dos chicos con desconfianza.

—¿Quiere usted decir que han matado a..., cómo se llama..., a Bridget? —preguntó Desmond—. ¿Quién diablos iba a querer matarla? ¡Es increíble!

—Hay muchas cosas que son increíbles —dijo Poirot—. Sobre todo antes del desayuno, ¿no? Eso dice uno de sus clásicos. Seis cosas imposibles antes del desayuno —añadió—. Por favor, esperen todos juntos aquí.

Con cuidado, dando un rodeo, se acercó a Bridget y se inclinó sobre el cadáver. Colin y Michael estaban temblando de los esfuerzos por contener la risa. Sarah se acercó a ellos y murmuró:

—¿Qué habéis estado haciendo vosotros dos?

—Hay que ver a Bridget —susurró Colin—. Es estupenda. ¡Ni un parpadeo!

—Nunca he visto nada con tanto aspecto de muerte como Bridget —susurró Michael.

Hércules Poirot se enderezó de nuevo.

—Es terrible —dijo. Y en su voz se apreciaba una emoción que antes no existía.

Sin poder contenerse la risa, Michael y Colin se dieron la vuelta.

Con voz estrangulada, el primero dijo:

—¿Qué... qué hacemos?

—Solo hay una cosa que podamos hacer —dijo Poirot—. Hay que llamar a la policía. ¿Va a llamar uno de ustedes o prefieren que lo haga yo?

—Creo —dijo Colin—, creo... ¿Qué te parece, Michael?

—Sí —respondió este—. Creo que ya está bien la broma.

Dio un paso al frente. Por primera vez, parecía inseguro.

—Lo siento muchísimo —empezó a decir—. Espero

que no lo tome demasiado a mal. Humm..., todo... todo ha sido una especie de broma de Navidad. Se nos ocurrió..., bueno, prepararle un asesinato.

—¿Se les ocurrió prepararme un asesinato? Entonces esto... entonces esto...

—Es una escena que preparamos nosotros —explicó Colin— para..., bueno, para que se sintiera usted a gusto.

—¡Ah! —exclamó Poirot—. Comprendo. Me habéis hecho una inocentada. Pero hoy es veintiséis de diciembre y el Día de los Inocentes es dentro de dos días, el veintiocho.

—No debíamos haberlo hecho —dijo Colin—, pero... no está usted enfadado, ¿verdad, monsieur Poirot? Vamos, Bridget —gritó—, levántate. Debes de estar ya medio helada.

La figura echada en la nieve no se movió.

—Es extraño —dijo Hércules Poirot—, parece que no le ha oído. —Los miró pensativo—. ¿Dice que es una broma? ¿Están bien seguros de que es una broma?

—Sí, claro que sí —aseguró Colin, incómodo—. No... no queríamos hacer daño a nadie.

—Pero, entonces, ¿por qué no se levanta mademoiselle Bridget?

—No tengo ni idea —dijo Colin.

—Vamos, Bridget —gritó Sarah, impaciente—. Deja de hacer la idiota ahí tirada.

—De verdad, monsieur Poirot, lo sentimos muchísimo —Colin hablaba con aprensión—. Le pedimos mil perdones.

—No tienen por qué —repuso Poirot con voz extraña.

—¿Qué quiere decir? —Colin le miró fijamente. Luego se volvió hacia Bridget—. ¡Bridget! ¡Bridget! ¿Qué pasa? ¿Por qué no se levanta? ¿Por qué sigue ahí tirada?

Poirot hizo una seña a Desmond.

—Usted, Mr. Lee-Wortley. Venga aquí.

Desmond acudió a su lado.

—Tómele el pulso —le ordenó Poirot.

Desmond Lee-Wortley se inclinó. Tocó el brazo, la muñeca.

—No tiene pulso... —Se quedó mirando a Poirot—. El brazo está rígido. ¡Dios santo, está muerta de verdad! ¡Está muerta!

Poirot asintió con un movimiento de cabeza.

—Sí, está muerta —dijo—. Alguien ha convertido la comedia en tragedia.

—Alguien..., ¿quién?

—Hay una serie de pisadas que se acercan aquí y luego se alejan. Una serie de pisadas que se parecen muchísimo a las pisadas que acaba usted de hacer, Mr. Lee-Wortley, al venir desde el camino.

Desmond Lee-Wortley giró en redondo.

—¿Qué diablos...? ¿Está usted acusándome a mí? ¿A mí? ¡Está usted loco! ¿Por qué diablos iba yo a querer matar a esa chica?

—Ah... ¿por qué? No lo sé... Vamos a ver.

Se inclinó, muy suavemente, y apartó los dedos contraídos de la chica.

Desmond contuvo el aliento. En sus ojos había una expresión de incredulidad. En la palma de la mano de la muerta había algo que parecía un gran rubí.

—¡Es aquella maldita cosa que estaba en el pudding! —gritó.

—¿Sí? —dijo Poirot—. ¿Está usted seguro?

—Claro que lo estoy.

Con un movimiento rápido, Desmond se inclinó y arrancó la piedra roja de la mano de Bridget.

—No debía haber hecho eso —dijo Poirot en tono de reproche—. Tenía que dejarse todo como estaba.

—No he tocado el cadáver. Pero esto podía... podía perderse, y es una prueba. Lo que hay que hacer es avisar a la policía lo antes posible. Voy enseguida a telefonear.

Giró en redondo y corrió en dirección a la casa. Sarah acudió al lado de Poirot.

—No comprendo —susurró—. ¿Qué quería usted decir con... con eso de las pisadas?

—Véalo usted por sí misma, mademoiselle.

Las pisadas que se acercaban y se alejaban del cadáver eran iguales a las que Lee-Wortley acababa de hacer.

—¿Quiere usted decir... que fue Desmond? ¡Es absurdo!

De pronto, a través del aire puro llegó el ruido de un coche. Se volvieron y vieron que un vehículo bajaba la avenida a velocidad vertiginosa. Sarah reconoció el coche.

—Es Desmond —dijo—. Es el coche de Desmond. Debe... debe de haber ido a buscar a la policía en lugar de telefonear.

Diana Middleton salió corriendo de la casa y se reunió con ellos.

—¿Qué ha pasado? —exclamó jadeante—. Desmond ha entrado corriendo en la casa. Ha dicho no sé qué de que han asesinado a Bridget y luego ha querido llamar por teléfono, pero estaba estropeado. No ha conseguido comunicación. Ha dicho que deben de haber cortado los hilos y que lo único que se podía hacer era coger un coche e ir enseguida a buscar a la policía. Porque la policía...

Poirot hizo un gesto.

—¿Bridget? —Diana se quedó mirándole—, pero... ¿seguro que no es broma o algo por el estilo? He oído algo... anoche... Creí que iban a gastarle a usted una broma, monsieur Poirot.

—Sí —dijo el aludido—, ese era el plan, gastarme una broma. Pero vamos a la casa, vamos todos. Aquí nos vamos a morir de frío y no se puede hacer nada hasta que Mr. Lee-Wortley vuelva con la policía.

—Pero, oiga —suplicó Colin—, no podemos... no podemos dejar a Bridget aquí sola.

—No puede hacer nada por ella —respondió Poirot con

amabilidad—. Vamos... Es una tragedia, una gran tragedia, pero no podemos hacer nada por ayudar a mademoiselle Bridget. De modo que vamos a calentarnos y a tomar una taza de té o café.

Le siguieron obedientemente hasta la casa. Peverell iba a tocar el batintín en aquel momento. Si le pareció extraordinario que casi todo el mundo viniese de fuera y que Poirot se presentara en pijama por debajo del abrigo, no mostró el menor asombro. Peverell, a pesar de sus años, seguía siendo el perfecto mayordomo. Solo veía lo que le pedían que viera. Se dirigieron al comedor y se sentaron. Cuando todos tuvieron ante ellos una taza de café, Poirot empezó a hablar.

—Tengo que contarles una historia —exclamó—. No puedo darles todos los detalles, eso no. Pero puedo contarles lo principal. Trata de un joven príncipe que vino a este país. Trajo consigo una joya famosa, que había pertenecido a su familia durante muchas generaciones, para montarla de nuevo para la dama con quien iba a casarse, pero, por desgracia, primero hizo amistad con una señorita muy bella. A esta señorita no le gustaba mucho el hombre, pero sí le gustaba la joya... Tanto, que un día desapareció con ella. El pobre joven, como ven ustedes, se encuentra en un aprieto. Por encima de todo tiene que evitar el escándalo. Imposible acudir a la policía. Entonces acude a mí, Hércules Poirot. «Recupéreme mi histórico rubí», me dice. *Eh bien!*, la señorita tiene un amigo, y el amigo ha hecho negocios muy dudosos. Ha estado involucrado en chantajes y en venta de joyas en el extranjero. Siempre ha sido muy hábil. Se sospecha de él, sí, pero no se puede probar nada. Llega a mi conocimiento que este caballero tan hábil está pasando las Navidades en esta casa. Es importante que la bella señorita, una vez conseguida la joya, desaparezca de la circulación durante una temporada, para que no puedan ejercer presión sobre ella, ni la puedan interrogar. Por lo tanto, se las arreglan de modo que venga a esta casa, a Kings Lacey, pasando ante los demás por hermana de nuestro hábil caballero...

Sarah contuvo la respiración.

—¡No puede ser! ¡No! ¡Aquí, conmigo!

—Pues así es —dijo Poirot—. Y, valiéndonos de una pequeña estratagema, se me invita a mí también a pasar las Navidades en Kings Lacey. Aquí, en la casa, dicen que la señorita acaba de salir del hospital. Está mucho mejor al llegar. Pero entonces se corre la voz de que voy a venir yo, un detective, un detective famoso. Y a la señorita, según el dicho popular, «no le llega la camisa al cuerpo». Esconde el rubí en el primer sitio que se le ocurre y luego sufre una recaída y se vuelve a la cama. No quiere que yo la vea, porque sospecha que probablemente yo tenga una fotografía de ella y que la reconocería. Es muy aburrido para ella, desde luego, pero tiene que quedarse en su habitación y su «hermano» le sube la comida.

—¿Y el rubí? —preguntó Michael.

—Creo que en el momento en que se mencionó mi llegada —dijo Poirot—, la señorita estaba en la cocina con los demás, riéndose, hablando y batiendo los puddings de Navidad. Mete los puddings en los moldes y esconde el rubí en uno de ellos, hundiéndolo bien. No en el que vamos a comer el día de Navidad. No, no; ese sabe ella que está en un molde especial. Lo pone en el otro, el que está destinado para el día de Año Nuevo. Antes de que llegue ese día podrá marcharse de aquí y, con ella, el pudding en el que estaba el rubí. Pero vean de qué forma interviene el destino. El pudding de Navidad, dentro de su elegante molde, se cae al suelo y el molde se hace añicos. ¿Qué se podía hacer? La buena Mrs. Ross coge el otro pudding y lo manda a la mesa.

—¡Qué barbaridad! —dijo Colin—. ¿Quiere usted decir que lo que tenía el abuelo en la boca el día de Navidad, cuando estaba comiendo el pudding, era un rubí de verdad?

—Exactamente —repuso Poirot—, y pueden ustedes

imaginar el nerviosismo de Mr. Lee-Wortley al ver aquello. *Eh bien*, ¿qué ocurre entonces? El rubí va pasando de mano en mano, alrededor de la mesa. Al examinarlo yo, me las arreglo para deslizarlo disimuladamente en un bolsillo. Con indiferencia, como si no me interesara la piedra. Pero una persona por lo menos vio lo que yo había hecho. Estando yo en cama, esa persona registra mi habitación. Me registra a mí. Pero no encuentra el rubí, ¿por qué?

—Porque se lo había dado usted a Bridget —dijo Michael, conteniendo la respiración—. Es lo que está usted queriéndonos decir. Y fue por eso por lo que..., pero no comprendo bien. Oiga, ¿qué es lo que ocurrió de verdad?

Poirot le sonrió.

—Vamos a la biblioteca —dijo—, miren por la ventana y les mostraré algo que puede que explique el misterio.

Abrió la marcha y los demás le siguieron.

—Contemplen de nuevo la escena del crimen —los invitó Poirot.

Señaló con el dedo por la ventana. De todos los labios salieron sonidos entrecortados. No había ningún cadáver sobre la nieve; no quedaba ninguna huella de la tragedia, a excepción de una buena masa de nieve revuelta.

—No habrá sido un sueño, ¿verdad? —preguntó Colin en voz muy baja—. ¿Se... se han llevado el cadáver?

—¡Ah! —repuso Poirot—. Ahí lo tienes: «El misterio del cadáver desaparecido».

Hizo un movimiento con la cabeza y sus ojos chispearon.

—¡Dios mío! —exclamó Michael—. Monsieur Poirot, está usted..., no habrá usted..., ¡pero si nos está tomando el pelo a todos!

Los ojos de Poirot chispearon aún más.

—Es cierto, hijo mío, yo también he preparado una contratreta. ¡Ah, *voilà*, mademoiselle Bridget! Espero que no le habrá hecho daño estar tumbada en la nieve. No me perdonaría nunca si cogiera *une fluxion de poitrine*.

Bridget acababa de entrar en la habitación. Llevaba una falda gruesa y un jersey de lana. Estaba riéndose.

—He hecho que le subieran una *tisane* a su habitación —dijo Poirot con severidad—. ¿Se la ha tomado?

—¡Un sorbito me ha bastado! —dijo Bridget—. Estoy muy bien. ¿Lo he hecho bien, monsieur Poirot? ¡Qué horror, todavía me duele el brazo del torniquete que me hizo usted poner!

—Estuvo espléndida, hija mía —dijo Poirot—. Espléndida. Pero, oiga, todos los demás siguen en ayunas. Anoche fui a hablar con mademoiselle Bridget. Le dije que estaba enterado de su pequeño complot y le pregunté si estaba dispuesta a interpretar un papel. Lo hizo muy bien. Marcó las pisadas con un par de zapatos de Mr. Lee-Wortley.

Sarah dijo con voz áspera:

—Pero ¿a qué viene todo eso, monsieur Poirot? ¿A qué viene mandar a Desmond a buscar a la policía? Se pondrá furioso cuando vea que todo ha sido un engaño.

Poirot meneó la cabeza suavemente.

—Es que yo no creo ni por un instante que Mr. Lee-Wortley haya ido a buscar a la policía, mademoiselle —dijo—. Mr. Lee-Wortley no quiere verse mezclado en asesinatos. Perdió la cabeza por completo. Lo único que vio fue la oportunidad de coger el rubí. Lo cogió, fingió que el teléfono estaba estropeado y salió corriendo con el coche, pretendiendo que iba a buscar a la policía. En mi opinión, no lo va a volver usted a ver durante una temporada. Tengo entendido que tiene su sistema para salir de Inglaterra. Tiene avión propio, ¿no es así, mademoiselle?

Sarah asintió con la cabeza.

—Sí —dijo—. Estábamos pensando en...

Se calló.

—Quería que se fugara usted con él por ese medio, ¿no es cierto? *Eh bien*, es un sistema muy bueno para sacar una joya del país. Cuando un hombre se fuga con una chica y se da publicidad al hecho, no se sospecha que el hombre esté al mismo tiempo sacando del país, de contrabando, una joya histórica. Por supuesto, hubiera sido un buen camuflaje.

—No lo creo —repuso Sarah—. ¡No creo ni una palabra de todo eso!

—Pregúntele entonces a su hermana —sugirió Poirot, haciendo una indicación con la cabeza.

Sarah se volvió rápidamente.

Una rubia platino estaba de pie en el umbral. Llevaba puesto un abrigo de piel y los miraba con el ceño fruncido. Se veía que estaba furiosa.

—¡Qué hermana ni qué narices! —exclamó soltando una risita desagradable—. ¡Ese canalla no es hermano mío! ¿De modo que se ha largado y me ha dejado a mí con el muerto? ¡Todo fue idea suya! ¡Él fue el que me metió en esto! Dijo que era muy fácil. Nunca nos denunciarían, por miedo al escándalo. En último caso, podía amenazar con decir que Alí me había regalado la joya. Desmond y yo nos íbamos a repartir el dinero en París y ahora el muy canalla me deja plantada. ¡Lo mataría! —Cambió bruscamente de tema—. Cuanto antes salga de aquí... ¿Puede alguno de ustedes pedirme un taxi?

—Hay un coche esperando en la puerta principal para llevarla a usted a la estación, mademoiselle —dijo Poirot.

—Está usted en todo, ¿eh?

—En casi todo —corrigió Poirot, visiblemente complacido.

Pero Poirot no iba a salir del paso tan fácilmente. Cuando volvió al comedor, después de ayudar a la falsa señorita Lee-Wortley a subir al coche, Colin estaba esperándole.

Su cara juvenil mostraba una expresión preocupada.

—Pero, oiga, monsieur Poirot. ¿Qué ha pasado con el rubí? ¿Nos quiere hacer creer que ha dejado que se escapara con él?

El detective puso una cara muy triste. Se atusó los bigotes. Parecía estar incómodo.

—Todavía lo recuperaré —dijo débilmente—. Hay otros medios. Todavía...

—¡Vamos! —dijo Michael—. ¡Dejar que ese canalla se marche con el rubí!

Bridget fue más aguda.

—Está otra vez tomándonos el pelo —sugirió—. ¿Verdad que sí, monsieur Poirot?

—¿Un último truquillo? Mire en mi bolsillo de la izquierda.

Bridget metió la mano en el bolsillo. Dando un grito de triunfo, la volvió a sacar y sostuvo en lo alto un gran rubí resplandeciente.

—¿Entienden ahora? —explicó Poirot—. El que agarraba usted con la mano era una imitación. Lo traje de Londres por si era necesario hacer una sustitución. ¿Comprenden? No queremos escándalo. Monsieur Desmond tratará de desembarazarse del rubí en París, en Bélgica o donde tenga sus cómplices, ¡y entonces se descubrirá que la piedra no es auténtica! ¿Qué mejor solución? Todo termina bien. Se evita el escándalo; mi joven príncipe recupera su rubí, vuelve a su país, se casa y esperemos que sea muy feliz. Todo termina bien.

—Menos para mí —murmuró Sarah para sí.

Lo dijo en voz tan baja que solo Poirot lo oyó. El detective meneó la cabeza.

—Se equivoca usted al decir eso, mademoiselle Sarah. Ha ganado usted experiencia. Toda experiencia es valiosa. Le profetizo que le espera una vida de completa felicidad.

—Eso lo dice usted —dijo Sarah.

—Pero oiga, monsieur Poirot. —Colin tenía el entrecejo fruncido—. ¿Cómo se enteró usted de la comedia que íbamos a representar?

—Mi profesión consiste en enterarme de las cosas —repuso el detective, retorciéndose el bigote.

—Sí, pero no veo cómo pudo enterarse. ¿Se chi... se lo dijo alguien?

—No, no; nadie me lo dijo.

—¿Entonces cómo? Díganoslo.

—No, no —protestó Poirot—. No, no. Si les digo cómo llegué a esa conclusión, no le van a dar ninguna importancia. ¡Es como cuando un prestidigitador muestra cómo hace sus trucos!

—¡Díganoslo, monsieur Poirot! ¡Ande! ¡Díganoslo, díganoslo!

—¿De verdad quieren que resuelva este último misterio?

—Sí, ande. Díganoslo.

—¡Ay, creo que me es imposible! ¡Se van a llevar una desilusión tan grande!

—Vamos, monsieur Poirot, díganoslo. ¿Cómo se enteró usted?

—Pues verán, estaba sentado el otro día en una butaca, junto a la ventana de la biblioteca, reposando después de tomar el té. Me quedé dormido y, cuando me desperté, estaban ustedes discutiendo sus planes por el lado de fuera de la ventana, muy cerca de mí, y la ventana estaba abierta.

—¿Eso es todo? —exclamó Colin, decepcionado—. ¡Qué fácil!

—¿Verdad que sí? —dijo Hércules Poirot, sonriendo—. ¿Lo ven? Están decepcionados.

—Bueno —se consoló Michael—. Por lo menos ya lo sabemos todo.

—¿Sí? —murmuró Poirot, como para sí—. Yo no. Yo, que tengo que saber cosas, no lo sé todo.

Salió al vestíbulo, meneando ligeramente la cabeza. Quizá por vigésima vez, sacó del bolsillo un trozo de papel bastante sucio. «No coma nada del pudding de ciruelas. Una que le quiere bien.»

Hércules Poirot se mantuvo en actitud pensativa. Él, que podía explicarlo todo, ¡no podía explicar aquello! Era humillante. ¿Quién lo había escrito? ¿Por qué lo había escrito? Hasta que lo averiguara, no tendría un momento de tranquilidad. De pronto salió de su ensimismamiento y percibió un extraño sonido entrecortado. Bajó la vista. En el suelo, atareada con un aspirador de polvo y un cepillo, estaba una criatura de pelo rubio muy pálido, con una bata de flores. Miraba fijamente el papel, con unos ojos muy grandes y muy redondos.

—¡Ay, señor! —dijo esta aparición—. ¡Ay, señor! ¡Por favor, señor!

—¿Y usted quién es, *mon enfant*? —preguntó Poirot alegremente.

—Annie Bates, señor, para servirle. Vengo a ayudar a Mrs. Boss. No quería, no quería hacer... hacer nada que no debiera hacer. Lo hice por su bien, señor. Por su bien.

En el cerebro de Poirot se hizo la luz. Extendió el brazo que sostenía el sucio trozo de papel.

—¿Escribió usted esto, Annie?

—No quería hacer ningún daño, señor. De verdad que no.

—Claro que no, Annie. —Poirot le sonrió—. Pero, cuénteme, ¿por qué escribió usted esto?

—Pues, señor, fueron esos dos. Mr. Lee-Wortley y su hermana. Claro que no era su hermana, estoy segura. ¡Ninguna de nosotras lo creyó! Y no estaba nada enferma. Todas nos dimos cuenta. Pensamos... pensamos que allí había algo raro. Se lo voy a decir en dos palabras, señor. Estaba yo en el baño de ella, poniendo las toallas limpias, y oí a la puerta. Él estaba en la habitación de ella y estaban hablando. Oí lo que decían como le oigo ahora a usted. «Ese detective», estaba diciendo él, «ese tal Poirot que va a venir. Tenemos que hacer algo. Tenemos que quitarlo de en medio lo antes posible». Y entonces él, de un modo desagradable y siniestro, bajando la voz, le dijo: «Dime, ¿dónde lo has puesto?» Y ella le contestó: «En el pudding». Ay, señor, el corazón me dio un salto tan grande que creí que nunca más me iba a volver a latir. Creí que querían envenenarle. ¡No sabía lo que hacer! Mrs. Ross no se para a escuchar a las de mi condición. Entonces se me vino a la cabeza la idea de escribirle un aviso. Y lo escribí y se lo puse en la almohada, para que lo viera al ir a acostarse.

Annie se calló, sin aliento. Poirot la observó gravemente durante unos segundos.

—Me parece, Annie, que ve usted demasiadas películas sensacionalistas —dijo por fin—. ¿O es la televisión la que la afecta? Pero lo importante es que tiene usted buen corazón y cierto ingenio. Cuando vuelva a Londres le mandaré a usted un regalo.

—Ay, gracias, señor. Muchas gracias, señor.

—¿Qué quiere usted que le regale, Annie?

—Cualquier cosa que quiera el señor. ¿Puedo pedir lo que quiera?

—Dentro de unos límites razonables, sí —repuso Hércules Poirot con prudencia.

—Ay, señor, ¿me podría regalar una polvera? Una polvera elegante, de esas que se cierran de golpe, como la que tenía la hermana de Mr. Lee-Wortley, que no era su hermana.

—Sí —concedió Poirot—. Sí. Creo que eso podrá arreglarse.

Se quedó pensativo un instante y después musitó:

—Es interesante. Estaba el otro día en un museo, observando unos objetos de Babilonia o de uno de esos lugares, de hace miles de años, y entre ellos había unos estuches para cosméticos. El corazón de la mujer no cambia.

—¿Cómo dice, señor? —preguntó con interés Annie.

—Nada —dijo Poirot—. Estaba reflexionando. Tendrá usted su polvera, hija mía.

—¡Ay, muchas gracias, señor! ¡Muchísimas gracias, señor!

Annie se alejó, feliz. Poirot la miró, meneando la cabeza con satisfacción.

«¡Ah! —se dijo—. Me voy. Ya no queda nada que hacer aquí.» Un par de brazos le rodearon los hombros inesperadamente.

—Si se pone usted justo debajo del muérdago... —dijo Bridget.

Hércules Poirot se divirtió. Se divirtió muchísimo. Pasó unas Navidades estupendas.

La locura de Greenshaw

Capítulo primero

Los dos hombres rodearon la masa de matorrales.

—Bueno, ahí la tiene —dijo Raymond West—, esa es.

Horace Bindler contuvo la respiración, admirado.

—¡Pero si es maravillosa, querido West! —exclamó. Su voz se alzó en un grito de placer y luego bajó, llena de pavor reverente—. ¡Es increíble! ¡No parece de este mundo! Un ejemplar de época de lo más logrado.

—Me pareció que le gustaría —dijo Raymond West, complacido.

—¿Gustarme? Querido... —Horace no encontró palabras. Soltó la correa de su cámara fotográfica y entró en acción—. Esta será una de las joyas de mi colección —agregó alegremente—. Encuentro divertidísimo esto de tener una colección de monstruosidades. Se me ocurrió la idea una noche en el baño, hace siete años. Mi última joya auténtica fue la que hice en el cementerio, en Génova, pero creo de verdad que esta le gana. ¿Cómo se llama?

—No tengo la menor idea —confesó Raymond.

—Pero tendrá un nombre...

—Debe tenerlo. Aunque el caso es que por aquí todo el mundo la llama «La locura de Greenshaw».

—¿Greenshaw sería el hombre que la construyó?

—Sí. En 1860 o 1870 aproximadamente. La historia del triunfador local de aquel entonces. Un chico del arroyo que alcanzó una prosperidad enorme. La opinión local está dividida respecto a por qué construyó esta casa: unos dicen que fue un alarde de riqueza y otros que lo hizo para impresionar a sus acreedores. Si tienen razón los últimos, no lo consiguió. Greenshaw quebró o algo parecido. De ahí le viene el nombre, «La locura de Greenshaw».

Se oyó el chasquido de la cámara de Horace.

—Ya está —dijo con voz satisfecha—. Recuérdeme que le enseñe el número trescientos diez de mi colección. Una repisa de chimenea, en mármol, al estilo italiano. Completamente increíble —y añadió mirando la casa—: No comprendo cómo pudo ocurrírsele eso a Mr. Greenshaw.

—Algunas cosas están bastante claras —dijo Raymond—. Había visitado los castillos del Loira, ¿no cree? Esas torretas... Luego, por desgracia, parece que viajó por Oriente. La influencia del Taj Mahal es inconfundible. Me gustan el ala mora y las reminiscencias de palacio veneciano.

—Se maravilla uno de que haya conseguido un arquitecto que pusiera en práctica estas ideas.

Raymond se encogió de hombros.

—No creo que haya tenido dificultad con eso —dijo—. Probablemente el arquitecto se retiró con una bonita renta vitalicia, mientras el pobre Greenshaw se arruinaba por completo.

—¿Podríamos verla desde el otro lado —preguntó Horace— o estamos quizá metiéndonos en terreno prohibido?

—Desde luego que estamos metiéndonos en terreno prohibido, pero no creo que importe gran cosa.

Se dirigió hacia la esquina de la casa y Horace lo siguió a paso vivo.

—Pero ¿quién vive aquí, querido Raymond? ¿Huérfanos o turistas? No puede ser un colegio. No hay campos de deportes ni eficiencia...

—Ah, sigue viviendo un Greenshaw —dijo Raymond por encima del hombro—. La casa no se perdió en el desastre. La heredó el hijo del viejo Greenshaw. Era bastante tacaño y vivía aquí, en un rincón de la casa. Nunca se gastó un penique. Probablemente nunca lo tuvo para gastarlo. Ahora vive aquí su hija. Una señora mayor... muy excéntrica.

Mientras hablaba, Raymond iba felicitándose de haber pensado en «La locura de Greenshaw» para entretener a sus invitados. Aquellos críticos literarios andaban siempre proclamando lo que suspiraban por un fin de semana en el campo, y luego, cuando llegaban, se aburrían muchísimo. Al día siguiente tenían los periódicos dominicales, y para aquel día Raymond West se congratulaba de haber propuesto una visita a «La locura de Greenshaw», para que Horace Bindler enriqueciera con ella esa famosa colección de monstruosidades.

Dieron la vuelta a la esquina de la casa y salieron a un césped descuidado. En uno de los ángulos había un jardín con rocas artificiales y, en él, una figura inclinada, a la vista de la cual Horace agarró encantado a Raymond por un brazo, para hacerle fijar la atención.

—¡Querido Raymond! —exclamó—. ¿Ve lo que lleva puesto? Un vestido estampado, como los que llevaban las doncellas... cuando había doncellas. Una de las cosas que recuerdo con más nostalgia es una temporada que pasé en una casa de campo, cuando era muy pequeño, y todas las mañanas le despertaba a uno una doncella de verdad, tan pizpireta con su vestido estampado y su gorro. Sí, hijo mío, sí, su gorro. De muselina, con unas cintas colgando. Bueno, puede que la que llevaba las cintas fuera la primera doncella. Pero el caso es que era una doncella de verdad, que me llevaba una jarra de agua caliente. ¡Qué emocionante está siendo este día!

La figura del vestido estampado se había enderezado y estaba vuelta hacia ellos, con una pala en la mano. Era una persona sorprendente. Sobre los hombros le caían mechones descuidados de cabellos grises y llevaba encasquetado un sombrero de paja bastante semejante a los que les ponen a los caballos en Italia. El vestido de colores le llegaba casi a los tobillos. En su cara curtida y no muy limpia, unos ojos agudos les observaban.

—Le ruego me disculpe por haberme metido en su propiedad, miss Greenshaw —dijo Raymond West, acercándose a ella—, pero a Horace Bindler, que está pasando el fin de semana conmigo...

Horace se inclinó y se quitó el sombrero.

—... le interesan muchísimo... hum... la historia antigua y... hum... las bellezas arquitectónicas.

Raymond West habló con la soltura del escritor famoso que se sabe célebre y se atreve a lo que otras personas no se atreverían.

Miss Greenshaw se volvió hacia la desparramada exuberancia de «La locura de Greenshaw».

—Sí que es una casa hermosa —dijo con aprobación—. La construyó mi abuelo... antes de nacer yo, por supuesto. Aseguran que decía que deseaba dejar pasmada a la gente del pueblo.

—Estoy seguro de que lo consiguió, señora —asintió Horace Bindler.

—Mr. Bindler es un crítico literario muy conocido —se apresuró a decir Raymond.

Evidentemente, a miss Greenshaw no le inspiraban ningún respeto los críticos literarios. No pareció impresionarse lo más mínimo.

—La considero como un monumento al genio de mi abuelo —dijo miss Greenshaw, refiriéndose a la casa. Hay gente estúpida que viene a preguntarme por qué no la vendo y me voy a un piso. ¿Qué iba a hacer yo en un piso? Esta es mi casa y aquí vivo. Siempre he vivido aquí.

Se quedó pensativa unos momentos, reviviendo el pasado.

—Éramos tres —prosiguió—. Laura se casó con el pastor protestante. Papá no quiso darle ningún dinero; decía que los clérigos no debían estar apegados a las cosas de este mundo. Se murió al tener un niño. El niño murió también. Nattie se escapó con el profesor de equitación. Papá la borró del testamento, como es natural. Un tipo guapo el tal Harry Fletcher, pero un desastre. No creo que Nattie fuera feliz con él. De todos modos, no vivió mucho, ella. Tuvo un hijo. Me escribe algunas veces, pero, naturalmente, no es un Greenshaw. Yo soy la última de los Greenshaw.

Enderezó con cierto orgullo sus hombros inclinados y se puso derecho el sombrero de paja. Luego, volviéndose, dijo vivamente:

—¿Qué le pasa, Mrs. Cresswell?

Desde la casa se dirigía hacia ellos una mujer de mediana edad que, vista al lado de miss Greenshaw, ofrecía con esta un contraste ridículo. Mrs. Cresswell llevaba la cabeza maravillosamente arreglada; sus cabellos, con abundantes reflejos azules, se alzaban en una serie de rizos colocados en filas meticulosas. Parecía como si se hubiera arreglado la cabeza para ir a un baile de carnaval disfrazada de María Antonieta. Iba vestida con lo que debía de haber sido crujiente seda negra, pero que no era en realidad sino una de las variedades más brillantes de la seda artificial. No era alta. Tenía un busto voluminoso. Hablaba con una voz de gravedad inesperada y con exquisita dicción, aunque titubeando ligeramente ante las palabras empezadas con la *h*, palabras que acababa por pronunciar con una aspiración exagerada, lo que hacía sospechar que en su remota infancia debió de tener dificultad con esta letra.[1]

—El pescado, señora —dijo Mrs. Cresswell—, el baca-

1. Se insinúa aquí que Mrs. Creeswell era de origen humilde, ya que los londinenses poco cultos no pronuncian la *h* al principio de las palabras.

lao. No ha llegado. Le he dicho a Alfred que vaya a buscarlo y se niega a hacerlo.

Inesperadamente, miss Greenshaw soltó una carcajada.

—Conque se niega, ¿eh?

—Alfred ha estado muy poco complaciente, señora.

Miss Greenshaw se llevó a los labios los dedos manchados de tierra, lanzó un silbido ensordecedor y gritó:

—¡Alfred! ¡Alfred, ven aquí!

En respuesta a la llamada apareció un joven, dando la vuelta a una esquina de la casa, con una pala en la mano. Era guapo y tenía una expresión insolente. Al llegar cerca de ellos le lanzó a Mrs. Cresswell una mirada de odio.

—¿Me llamaba, señorita? —preguntó.

—Sí, Alfred. Acabo de enterarme de que no quieres ir a buscar pescado. ¿Por qué no vas, eh?

Alfred habló con voz áspera.

—Voy por él si usted lo quiere, señorita. Solo tiene que decirlo.

—Claro que lo quiero. Lo necesito para la cena.

—Muy bien, señorita. Voy corriendo.

Lanzó una mirada insolente a Mrs. Cresswell, que enrojeció y murmuró en voz baja:

—¡Qué barbaridad! ¡Es insoportable!

—Ahora que caigo —dijo miss Greenshaw—, un par de personas extrañas es justo lo que nos hace falta, ¿no le parece, Mrs. Cresswell?

La aludida pareció quedar un tanto desconcertada.

—No comprendo, señora.

—Para lo que sabe usted —dijo miss Greenshaw, meneando la cabeza en sentido afirmativo—. El beneficiario de un testamento no puede ser testigo. Es así, ¿no? —esta última pregunta iba dirigida a Raymond West.

—Exacto —respondió el novelista.

—Sé lo bastante de leyes para saber eso —dijo miss Greenshaw—. Y ustedes son dos personas de posición.

Tiró la pala en la cesta de recoger los hierbajos.

—¿Les molestaría venir a la biblioteca conmigo?

—Encantados —dijo Horace con fervor.

Pasando por la puerta-ventana, la mujer les condujo a través de un enorme salón amarillo y dorado, con paredes recubiertas de brocado descolorido y muebles tapados con fundas; luego por un gran vestíbulo sombrío y, escaleras arriba, hasta una amplia habitación del primer piso.

—La biblioteca de mi abuelo —anunció miss Greenshaw.

Horace miró a su alrededor con profundo placer. A su modo de ver, la habitación estaba llena de monstruosidades. Cabezas de esfinge surgían de los muebles más inesperados; había un broche colosal, que le pareció que representaba a Pablo y Virginia, y un enorme reloj con motivos clásicos, del que estaba deseando tomar una fotografía.

—Una hermosa colección de libros —dijo miss Greenshaw.

Raymond estaba ya mirándolos. Por lo que pudo ver en una inspección rápida, no había allí ningún libro que ofreciera el menor interés; en realidad, no parecía que ninguno de ellos hubiera sido leído. Eran colecciones de clásicos, encuadernados maravillosamente, de las que se vendían hace noventa años para llenar las estanterías de los señores de alcurnia. Había también algunas novelas antiguas, pero tampoco estas parecían haber sido leídas.

Miss Greenshaw estaba rebuscando en los cajones de un escritorio. Finalmente, sacó de él un testamento de pergamino.

—Mi testamento —explicó—. Tiene uno que dejarle el dinero a alguien..., eso dicen, por lo menos. Si muriera sin hacer testamento, supongo que se lo llevaría todo el hijo de aquel tratante de caballos. Un muchacho guapo, el tal Harry Fletcher, pero un bribón donde los haya. No veo por qué razón habría de heredar su hijo esta casa. No —prosiguió, como contestando a una oposición tácita—, estoy decidida. Se lo dejo a Cresswell.

—¿Su ama de llaves?

—Sí. Ya se lo he explicado a ella. Hago testamento dejándole todo lo que tengo y entonces no necesito pagarle ningún sueldo. Me ahorro muchos gastos y la hago ir recta. Así no me dejará plantada cuando menos lo piense. Es muy peripuesta, ¿verdad? Pero su padre era un fontanero muy modesto. No tiene motivo alguno para darse aires.

Había desdoblado el pergamino. Cogió una pluma, la mojó en el tintero y firmó: Katherine Dorothy Greenshaw.

—Eso es —dijo—. Los dos me han visto firmarlo y ahora lo firman ustedes y ya es legal.

Le tendió la pluma a Raymond West. El escritor titubeó, sintiendo una aversión inesperada a hacer lo que se le pedía. Luego, rápidamente, garabateó su conocida firma, que todos los días solicitaban por correo al menos seis personas.

Horace cogió la pluma de la mano de Raymond y añadió su diminuta firma.

—Ya está —dijo miss Greenshaw.

Se dirigió a las estanterías y se quedó mirándolas, indecisa; luego abrió una de las puertas encristaladas, sacó un libro y deslizó dentro el pergamino, doblado cuidadosamente.

—Tengo mis escondites —les comunicó.

—*El secreto de lady Audley* —observó Raymond West, viendo el título del libro cuando miss Greenshaw lo devolvía a su sitio.

Esta soltó otra carcajada.

—Uno de los libros más populares de su época —observó—. No como sus libros, ¿eh?

Le dio a Raymond un codazo amistoso en las costillas. Al novelista le sorprendió que supiera que escribía. Aunque Raymond West era muy conocido en los círculos literarios, no podía considerársele como un escritor popular. A pesar de haberse suavizado algo al aproximarse a la edad madura, sus libros se ocupaban del lado sórdido de la vida.

—¿Podría sacar una foto del reloj? —preguntó Horace, conteniendo la respiración.

—No faltaba más —dijo miss Greenshaw—. Creo que vino de la Exposición de París.

—Es muy probable —dijo Horace. A continuación hizo la foto.

—Esta habitación no se ha usado demasiado desde tiempos de mi abuelo —dijo miss Greenshaw—. Este escritorio está lleno de viejos diarios suyos. Deben de ser interesantes. Yo ya no tengo vista para leerlos. Me gustaría publicarlos, pero me figuro que habría que trabajar mucho con ello.

—Podría usted encargárselo a alguien —sugirió Raymond West.

—Sí, es una idea. Lo pensaré.

Raymond West consultó su reloj.

—No debemos abusar más de su amabilidad —dijo.

—Encantada de haberles conocido —dijo miss Greenshaw graciosamente—. Cuando lo he oído venir, creí que era el policía dando la vuelta a la casa.

—¿Por qué un policía? —preguntó Horace, que nunca tenía inconveniente en hacer preguntas.

Miss Greenshaw les sorprendió cantando alegremente:

—Si quiere usted saber la hora, pregunte a un policía.

Y, con esta muestra de ingenio victoriano, le dio un codazo a Horace en las costillas y soltó una carcajada.

—Ha sido una tarde maravillosa —suspiró Horace, camino de la casa de Raymond—. La verdad es que en esa casa no faltaba nada. Lo único que necesita esa biblioteca es un cadáver. Esos asesinatos en la biblioteca de las novelas policíacas antiguas... Estoy seguro de que los autores tenían en la imaginación una como esa.

—Si quiere usted hablar de asesinatos, tiene que hacerlo con mi tía Jane —dijo Raymond.

—¿Su tía Jane? ¿Se refiere usted a miss Marple?

Horace estaba algo desconcertado. La encantadora anciana, producto de un mundo ya desaparecido, a quien le habían presentado la noche anterior, le parecía incapaz de tener la menor relación con asesinatos.

—Sí, sí —afirmó Raymond—. Los asesinatos son su especialidad.

—¡Mi querido Raymond, qué intrigante! ¿Qué quiere usted decir exactamente con eso?

—Lo que he dicho —dijo Raymond, y explicó—: Unos cometen asesinatos, otros se ven envueltos en ellos y a otros les son impuestos. Mi tía Jane está incluida en la tercera categoría.

—Está usted bromeando.

—En absoluto. Puede usted preguntárselo al excomisario de Scotland Yard, a varios jefes de policía y a uno o dos laboriosos inspectores pertenecientes al C.I.D.[2]

Horace dijo que nunca terminaba uno de maravillarse.

Mientras tomaban el té, le refirieron los acontecimientos de la tarde a Joan West, la mujer de Raymond, a Lou Oxley, sobrina de este, y a la anciana miss Marple, contándoles detalladamente todo lo que miss Greenshaw les había dicho.

—Yo creo que se respira allí algo siniestro —terminó diciendo Horace—. Aquella mujer con aires de duquesa, el ama de llaves..., ¿qué les parece arsénico en la tetera, ahora que sabe que su señora ha hecho testamento a su favor?

2. *Criminal Investigation Department* (Departamento de Investigación Criminal).

—Dinos, tía Jane —preguntó Raymond—, ¿se cometerá un asesinato o no? ¿Tú qué crees?

—Creo —dijo miss Marple, con expresión severa— que no deberías reírte de estas cosas como acostumbras a hacerlo, Raymond. El arsénico, desde luego, es muy posible. ¡Es tan fácil de conseguir! Probablemente lo tienen en el cobertizo de las herramientas, en los preparados para matar las malas hierbas.

—Pero, querida tía —intervino Joan West con afecto—, ¿no crees que eso sería demasiado fácil?

—De qué vale hacer testamento —dijo Raymond—. No creo que la pobre mujer tenga nada que dejar, aparte de esa monstruosidad de casa, ¿y quién va a querer eso?

—Una compañía cinematográfica, posiblemente —sugirió Horace—, o un colegio, o una institución benéfica, o un hotel.

—La querrían comprar por una miseria —replicó Raymond.

Pero miss Marple, pensativa, estaba meneando la cabeza.

—Querido Raymond, no estoy de acuerdo contigo. Quiero decir respecto al dinero. El abuelo está probado que era uno de esos manirrotos que hacen dinero fácilmente, pero son incapaces de conservarlo. Puede que perdiera su fortuna, como dices, pero no pudo quebrar, porque en ese caso su hijo no hubiera heredado la casa. El hijo, en cambio, cosa muy frecuente, era completamente distinto a su padre. Un avaro. Un hombre que ahorraba todo penique que se le venía a las manos. Seguramente ahorró una bonita suma en el transcurso de su vida. Esa miss Greenshaw parece que ha salido a él: no le gusta gastar ni un céntimo. Sí, creo que es muy probable que tenga un capital guardado.

—En ese caso —interpuso Joan West—, puede que... ¿No podría Lou...?

Todos miraron a Lou, que permanecía sentada en silencio junto al fuego.

Lou era la sobrina de Joan West. Su matrimonio acababa de deshacerse, dejándola con dos niños pequeños y el dinero indispensable para mantenerlos.

—Quiero decir —aclaró Joan— que si esa miss Greenshaw quiere en serio que una persona repase todos esos diarios y los prepare para publicarlos...

—Es una buena idea —aprobó Raymond.

Lou dijo en voz baja:

—Un trabajo así podría hacerlo. Y lo disfrutaría.

—Le escribiré —le prometió Raymond.

—¿Qué querría decir la anciana con aquello del policía? —preguntó miss Marple, entre intrigada y pensativa.

—¡Ah, ha sido solo una broma!

—Me ha recordado —dijo miss Marple, afirmando con la cabeza—, sí, me ha recordado mucho a Mr. Naysmith.

—¿Quién es Mr. Naysmith? —preguntó Raymond con curiosidad.

—Era apicultor y tenía mucha habilidad para hacer los acrósticos de los periódicos dominicales. Y le gustaba dar a la gente impresiones falsas, solo por gracia, pero algunas veces se vio metido en líos por esta afición suya.

Todos guardaron silencio, pensando en Mr. Naysmith, pero, como no parecía que hubiera ningún punto de semejanza entre él y miss Greenshaw, llegaron a la conclusión de que la pobre tía Jane debía estar empezando a chochear.

Capítulo 2

Horace Bindler volvió a Londres sin haber coleccionado más monstruosidades y Raymond West le escribió una carta a miss Greenshaw, diciéndole que conocía a una persona que podría ocuparse de revisar los diarios. Después de algunos días llegó una carta, escrita con una letra muy fina y anticuada, en la que miss Greenshaw decía que estaba deseando contratar los servicios de esa persona y la citaba en su casa.

Lou acudió a la cita, se fijaron unos honorarios generosos y empezó a trabajar al día siguiente.

—Te lo agradezco muchísimo —le dijo Lou a Raymond—. Me viene estupendamente. Puedo llevar a los niños al colegio, ir a «La locura de Greenshaw» y recogerlos al volver. ¡Es fantástico todo aquello! A esa señora hay que verla para creer que existe.

Al caer la tarde de su primer día de trabajo, volvió y describió la jornada.

—Casi no he visto al ama de llaves —dijo—. Vino a las once y media con un café y unas galletas, toda remilgada, y casi no me habló. Me parece que no le gusta que me hayan contratado. Parece que hay una verdadera enemistad entre ella y el jardinero, Alfred. Es un chico de por aquí, bastante perezoso según parece, y él y el ama de llaves no se hablan. Miss Greenshaw ha dicho, con sus aires de grandeza: «Siempre ha habido rencillas, que yo recuerde, entre el servicio del jardín y el de la casa. Ya era así en tiempos de mi abuelo. Entonces había tres hombres y un chico en el jardín y ocho criados al servicio de la casa, pero siempre había roces».

Al día siguiente, Lou volvió con otra noticia.

—¿Sabéis una cosa? Esta mañana me ha pedido que telefoneara al sobrino.

—¿Al sobrino de miss Greenshaw?

—Sí. Parece que es actor y está en una compañía, dando una temporada de verano en Borehan on Sea. Lo he llamado al teatro y he dejado un recado, invitándole a venir a comer mañana al mediodía. Ha sido muy divertido. La señora no quería que el ama de llaves se enterara. Creo que Mrs. Cresswell ha hecho algo que le ha molestado.

—Mañana otro episodio de esta emocionante novela por entregas —murmuró Raymond.

—Es exactamente como una novela por entregas, ¿verdad? Reconciliación con el sobrino, la fuerza de la sangre..., se hace nuevo testamento y el viejo es destruido.

—Tía Jane, estás muy seria.

—¿Sí? ¿Has sabido algo más del policía? —quiso saber la anciana.

Lou se quedó desconcertada.

—No sé nada de ningún policía.

—Aquella observación suya, hijita, debe de tener algún significado —dijo miss Marple.

Lou llegó al día siguiente a su trabajo de muy buen humor. Entró por la puerta principal, que estaba abierta; las puertas y las ventanas de la casa siempre lo estaban. Al parecer, miss Greenshaw no tenía miedo de los ladrones y puede que tuviera razón, porque la mayoría de las cosas que había en la casa pesaban varias toneladas y no tenían ningún valor comercial.

Lou había pasado por delante de Alfred en el jardín. El joven estaba recostado contra un árbol, fumando un cigarrillo, pero al verla había cogido una escoba y se había puesto a barrer las hojas con diligencia. Aquel muchacho era un vago, pensó ella, pero guapo. Sus facciones le recordaban a alguien. Al pasar por el vestíbulo, camino de la biblioteca, Lou miró el gran retrato de Nathaniel Greenshaw colgado sobre la repisa de la chimenea. El retrato mostraba al viejo Greenshaw en la cumbre de la prosperidad, recostado hacia atrás en un gran sillón, con las manos reposando sobre la leontina de oro que cruzaba su voluminoso estómago. Al volver la vista del estómago a la cara del modelo, con sus carrillos macizos, sus pobladas cejas y sus retorcidos bigotes, Lou pensó que Nathaniel Greenshaw debía de haber sido guapo de joven. Se parecía un poco a Alfred...

Entró en la biblioteca, cerró la puerta, destapó la máquina de escribir y sacó los diarios del cajón de un lado de la mesa. Por la ventana abierta vio a miss Greenshaw. Llevaba un vestido estampado, color marrón, y se inclinaba sobre las rocas artificiales arrancando afanosamente los hierbajos. Había habido dos días de lluvia y los hierbajos habían sacado mucho partido de ella.

Lou, criada en la ciudad, se dijo decididamente que, si alguna vez tenía jardín, nunca le pondría rocas artificiales, a las que habría que quitar las hierbas a mano. Con esto se puso con ardor a trabajar.

Mrs. Cresswell estaba de muy mal humor al entrar en la biblioteca a las once y media con la bandeja del café. Dejó caer de golpe la bandeja sobre la mesa y dijo, dirigiéndose al universo:

—Invitados a comer... y sin nada en casa. ¿Qué se creen que voy a hacer yo? Y a Alfred no se le ve por ningún lado.

—Estaba barriendo la avenida cuando yo he llegado —dijo Lou espontáneamente.

—Sí, seguro. Un trabajo sumamente suave y agradable.

Mrs. Cresswell salió majestuosa de la habitación, dando un portazo. Lou sonrió. ¿Cómo sería «el sobrino»?

Terminó el café y volvió a su trabajo. Era tan absorbente que el tiempo pasó muy deprisa. Al empezar a escribir su diario, Nathaniel Greenshaw había sucumbido a las delicias de la sinceridad. Escribiendo a máquina un párrafo en el que describía los encantos personales de una camarera de la ciudad vecina, Lou se dijo que tendría que hacer muchas modificaciones.

Estaba pensando en esto cuando la sobresaltó un grito procedente del jardín. Se puso en pie de un salto y corrió a la ventana abierta. Miss Greenshaw, tambaleándose, iba del jardín rocoso hacia la casa. Se agarraba el cuello con las manos y entre ellas sobresalía un objeto. Lou, estupefacta, vio que el objeto era la varilla de una flecha.

La cabeza de miss Greenshaw, cubierta con el deteriorado sombrero de paja, se cayó hacia delante, sobre el pecho. Con voz débil gritó a Lou:

—Ha sido... Ha sido él... me ha tirado... una flecha... busque ayuda...

Lou se precipitó a la puerta. Dio la vuelta al picaporte, pero la puerta no se abrió. Tras unos segundos de esforzarse inútilmente se dio cuenta de que la habían cerrado con llave. Corrió a la ventana.

—Me han cerrado con llave.

Miss Greenshaw, con la espalda vuelta hacia Lou y tambaleándose ligeramente, le gritaba al ama de llaves, que estaba en una ventana un poco más lejos:

—Llame... policía... telefonee...

Luego, vacilando como si estuviera borracha, desapareció de la vista de Lou y entró en el salón por la puerta-ventana. Un momento después, Lou oyó un ruido de porcelana al romperse, un golpe pesado y luego silencio. Reconstruyó la escena con la imaginación: miss Greenshaw debía de haber tropezado contra una mesita que contenía un juego de té de porcelana de Sèvres.

Desesperada, Lou golpeó la puerta, llamando y gritando. No había enredadera ni cañería por la parte de fuera de la ventana para facilitarle la salida por ese conducto.

Por último, cansada de golpear la puerta, volvió a la ventana. La cabeza del ama de llaves apareció por la ancha ventana de su cuarto de estar.

—Venga a abrirme la puerta, Mrs. Oxley. Me han cerrado con llave.

—A mí también.

—¡Oh, qué horrible! He telefoneado a la policía. Hay un teléfono en esta habitación, pero lo que no comprendo, Mrs. Oxley, es que nos hayan cerrado. No he oído el ruido de la llave, ¿y usted?

—No. No he oído nada en absoluto. ¿Qué podemos hacer? Quizá Alfred pueda oírnos si le llamamos.

Lou gritó con todas sus fuerzas:

—¡Alfred! ¡Alfred!

—Seguro que se ha ido a comer. ¿Qué hora es?

Lou consultó su reloj.

—Las doce y veinticinco.

—No debía marcharse hasta la media, pero siempre que puede se escabulle antes.

—¿Cree usted... cree usted que...?

Lou quería preguntar: «¿Cree usted que está muerta?». Pero las palabras no pudieron salir de su garganta.

No podían hacer nada más que esperar. Se sentó en la repisa de la ventana. Le pareció que había pasado una eternidad cuando vio aparecer por la esquina de la casa la figura imperturbable de un policía con casco. Se asomó por la ventana y el policía miró hacia ella, protegiéndose los ojos con una mano.

—¿Qué pasa aquí? —preguntó en tono reprobatorio.

Desde sus ventanas respectivas, Lou y Mrs. Cresswell vertieron sobre él un torrente de información. El policía sacó un cuadernito y un lápiz.

—¿Ustedes, señoras, corrieron al piso de arriba y se cerraron con llave, no es eso? ¿Me quieren dar sus nombres, por favor?

—No. Nos han cerrado con llave. Suba y déjenos salir.

El policía dijo con mucha calma:

—Todo se andará.

Y desapareció por la puerta-ventana del salón.

El tiempo volvió a hacerse larguísimo. Lou oyó el ruido de un coche que llegaba y, después de lo que le pareció una hora, cuando en realidad habían sido tres minutos, un sargento de la policía, más despierto que el agente, liberó primero a Mrs. Cresswell y luego a Lou.

—¿Y miss Greenshaw? —A Lou le falló la voz—. ¿Qué... qué ha ocurrido?

El sargento se aclaró la garganta.

—Lamento tener que decirle, señora, lo que ya le he dicho a Mrs. Cresswell: miss Greenshaw ha muerto.

—Asesinada —afirmó Mrs. Cresswell—. Eso es lo que ha sido... un asesinato.

El sargento, desde luego sin mucho convencimiento, sugirió:

—Ha podido ser un accidente... Algunos chicos del campo tiran con arcos y flechas.

Se oyó el ruido de otro coche que llegaba. El sargento dijo:

—Ese será el médico de la policía.

Y se fue escaleras abajo.

Pero no era el médico. Lou y Mrs. Cresswell estaban bajando las escaleras cuando un joven entró por la puerta principal y se detuvo indeciso, mirando a su alrededor con expresión de desconcierto.

Luego, con una voz agradable que a Lou le resultó conocida (quizá tuviera algún parecido de familia con la de miss Greenshaw), preguntó:

—Perdonen, vive... ¡ejem!, ¿vive aquí miss Greenshaw?

—¿Me quiere dar su nombre, por favor? —dijo el sargento, acercándose a él.

—Fletcher —respondió el joven—, Nat Fletcher. Soy el sobrino de miss Greenshaw.

—Vaya, señor, vaya..., no sabe cuánto lo siento...

—¿Ha ocurrido algo? —preguntó Nat Fletcher.

—Ha habido un... accidente... A su tía le han disparado una flecha... Le ha entrado por la yugular...

Mrs. Cresswell, sin su refinamiento acostumbrado, gritó histéricamente:

—¡Han asesinado a su tía! ¡Figúrese! ¡Han asesinado a su tía!

Capítulo 3

El inspector Welch acercó su silla un poco más a la mesa y su mirada pasó de una a otra de las cuatro personas reunidas en la habitación. Era la tarde del mismo día y se había presentado en casa de Raymond West para hacer volver a Lou Oxley sobre su declaración.

—¿Está usted segura de que sus palabras exactas fueron «Ha sido él... me ha tirado... una... flecha... busque ayuda»?

Lou afirmó con un movimiento de cabeza.

—¿Y la hora?

—Miré mi reloj uno o dos minutos después; eran entonces las doce y veinticinco.

—¿Funciona bien su reloj?

—Miré también el reloj de pared.

El inspector se volvió a Raymond West.

—Tengo entendido, señor, que hace cosa de una semana usted y Mr. Horace Bindler fueron testigos del testamento de miss Greenshaw, ¿no es eso?

Brevemente, Raymond refirió los pormenores de la visita que él y Horace Bindler habían hecho a «La locura de Greenshaw».

—Este testimonio suyo puede ser importante —dijo Welch—. Miss Greenshaw les dijo a ustedes claramente que había hecho testamento a favor de Mrs. Cresswell, el ama de llaves, y que no le pagaba ningún sueldo, teniendo en cuenta lo que el ama de llaves recibiría a su muerte, ¿es así?

—Eso es lo que dijo... Sí.

—¿Cree usted que Mrs. Cresswell estaba enterada de esto?

—Creo que no existe la menor duda. Miss Greenshaw dijo en mi presencia que los beneficiarios no pueden ser testigos de un testamento, y Mrs. Cresswell comprendió perfectamente lo que quería decir con ello. Además, la propia miss Greenshaw me dijo que había llegado a este acuerdo con Mrs. Cresswell.

—De modo que el ama de llaves tenía motivos para creerse parte interesada. Tiene un motivo clarísimo y sería nuestro principal sospechoso, de no ser por el hecho de que estaba encerrada en su habitación, lo mismo que Mrs. Oxley. Además, miss Greenshaw especificó bien que era un hombre el que había disparado una flecha contra ella.

—¿Es completamente seguro que estaba cerrada con llave en la habitación?

—Sí, sí. El sargento Cayley le abrió la puerta. Es una cerradura grande, antigua, con una llave también grande y antigua. La llave estaba en la cerradura y era del todo imposible darle la vuelta desde dentro o hacer cualquier manipulación de esas. No, puede usted tener la completa seguridad de que Mrs. Cresswell estaba encerrada con llave en su habitación y no pudo salir. Además, en la habitación no había arcos ni flechas y, de todos modos, no pudieron disparar contra miss Greenshaw desde una ventana; es un ángulo muy distinto. No, Mrs. Cresswell no pudo hacerlo.

Miss Marple preguntó:

—¿Le dio a usted miss Greenshaw la impresión de ser una bromista?

El inspector Welch la miró sorprendido.

—Una conjetura muy inteligente, señora —replicó.

Desde su rincón, miss Marple alzó vivamente la vista.

—¿De modo que el testamento no era a favor de Mrs. Cresswell? —dijo.

—No. Mrs. Cresswell no es la beneficiaria.

—Igual que Mr. Neysmith —afirmó miss Marple, meneando la cabeza—. Miss Greenshaw le dijo a Mrs. Cresswell que se lo iba a dejar todo a ella y así no tenía que pagarle sueldo; y luego le dejó el dinero a otra persona. No es extraño que estuviera satisfecha de su astucia y que se echase a reír al guardar el testamento en *El secreto de lady Audley*.

—Ha sido una suerte que Mrs. Oxley pudiera decirnos lo del testamento y dónde estaba —dijo el inspector—. Si no, a lo mejor hubiéramos tenido que pasar mucho tiempo buscándolo.

—Sentido del humor victoriano —murmuró Raymond West.

—¿De modo que, a fin de cuentas, le dejó el dinero a su sobrino? —preguntó Lou.

El inspector negó con la cabeza.

—No —dijo—, no le dejó el dinero a Nat Fletcher. Se dice por aquí, claro que yo soy nuevo en la localidad y solo me entero de los cotilleos de segunda mano, se dice que hace mucho tiempo, a miss Greenshaw y a su hermana les gustaba el apuesto profesor de equitación, y que la hermana se lo llevó. No le dejó el dinero a su sobrino... —Se detuvo, acariciándose la barbilla—. Se lo dejó a Alfred.

—¿A Alfred... el jardinero? —preguntó Joan, sorprendida.

—Sí, a Alfred Pollok.

—Pero ¿por qué? —exclamó Lou.

Miss Marple tosió y murmuró:

—Yo diría, aunque puede que me equivoque, que quizá ha habido... lo que pudiéramos llamar motivos de familia.

—Podría llamársele así, en cierto modo —concedió el inspector—. Parece que todos en el pueblo saben que Thomas Pollok, el abuelo de Alfred, era uno de los hijos naturales del viejo Greenshaw.

—¡Claro, el parecido! —exclamó Lou—. Me he dado cuenta esta mañana.

Recordó cómo, después de haber pasado por delante de Alfred, había entrado en la casa y mirado el retrato del viejo Greenshaw.

—Habrá pensado —dijo miss Marple— que podía ser que Alfred Pollok se sintiera orgulloso de la casa o incluso quisiera vivir en ella, mientras que era seguro que su sobrino no querría saber nada de ella y la vendería en cuanto pudiera hacerlo. Es actor, ¿no? ¿Qué obras está representando estos días?

Las señoras de edad son únicas para desviarse de la cuestión, pensó el inspector Welch; pero contestó cortésmente:

—Creo que ponen las obras de James Barrie.

—Barrie —susurró miss Marple, pensativa.

—*Lo que toda mujer sabe* —dijo el inspector Welch, y enrojeció—. Es el nombre de una obra —añadió rápidamente—. Yo no voy mucho al teatro, pero mi mujer la vio la semana pasada. Dijo que estaba muy bien representada.

—Barrie escribió algunas obras encantadoras —dijo miss Marple—, aunque la verdad es que cuando fui con un viejo amigo mío, el general Easterly, a ver *La pequeña Mary* —meneó la cabeza tristemente—, ninguno de los dos sabíamos adónde mirar.

El inspector, que no conocía la obra *La pequeña Mary*, estaba completamente despistado. Miss Marple explicó:

—Cuando yo era joven, inspector, nadie mencionaba la palabra *vientre*.

Esto aumentó el desconcierto del inspector. Miss Marple estaba pronunciando en voz muy baja títulos de obras.

—*El admirable Crichton*. Muy interesante. *María Rosa...*, una obra encantadora. Me acuerdo de que lloré. *Qualitey*

Street no me gustó tanto. Luego *Un beso para la Cenicienta.* ¡Claro!

El inspector Welch no podía perder el tiempo hablando de teatro. Volvió a lo que tenía entre manos.

—La cuestión —dijo— está en saber si Alfred Pollok estaba enterado de que la anciana había hecho testamento a su favor. ¿Se lo habrían dicho? —y añadió—. ¿Saben ustedes que hay en el Borehan Lovell un club de tiro con arco y que Alfred Pollok es socio? Es muy buen tirador con el arco y las flechas.

—Entonces el caso queda claro, ¿no? —planteó Raymond West—. Eso explicaría el que las dos mujeres estuvieran encerradas en las habitaciones... Él sabría en qué parte de la casa estaban.

El inspector lo miró.

—Tiene una coartada —dijo con profunda melancolía.

—Siempre he pensado que las coartadas son muy sospechosas.

—Puede ser —concedió el inspector Welch—. Está usted hablando como escritor.

—No escribo novelas policíacas —aclaró Raymond West, horrorizado ante la sola idea.

—Es muy fácil decir que las coartadas son sospechosas —continuó el inspector Welch—, pero, desgraciadamente, tenemos que basarnos en los hechos comprobables.

Suspiró.

—Tenemos tres buenos sospechosos —dijo—. Tres personas que acertaron a estar muy cerca de la escena del crimen a la hora en que se cometió. Pero lo extraño es que parece que ninguna de ellas pudo haberlo cometido. Del ama de llaves ya he hablado antes. El sobrino, Nat Fletcher, cuando dispararon contra miss Greenshaw estaba a un par de millas de distancia, echándole gasolina al coche y preguntando el camino de la casa... En cuanto a Alfred Pollok, hay seis personas dispuestas a jurar que entró en El Perro y el Pato a las doce y veinte minutos y estuvo allí una hora, tomando, como de costumbre, pan, queso y cerveza.

—Buscándose una coartada —sugirió Raymond West, esperanzado.

—Puede ser —repuso el inspector Welch—. Pero, en ese caso, la consiguió.

Hubo un largo silencio. Luego Raymond volvió la cabeza hacia el lugar donde estaba sentada miss Marple, muy derecha y profundamente pensativa.

—Te toca a ti, tía Jane —la conminó—. El inspector está desconcertado, el sargento está desconcertado, yo estoy desconcertado, Joan está desconcertada, Lou está desconcertada... Pero para ti, tía Jane, está claro como el agua. ¿Me equivoco?

—Eso no, querido —replicó miss Marple—, como el agua no. Y un asesinato, querido Raymond, no es un juego. No creo que la pobre miss Greenshaw quisiera morir, y este ha sido un asesinato muy brutal. Muy bien planeado y cometido a sangre fría. ¡No es ninguna broma!

—Perdona —dijo Raymond, apabullado—. En realidad no soy tan insensible como parezco. Tratamos con ligereza las cosas para... para que no resulten tan horribles.

—Me parece que esa es la tendencia moderna —dijo miss Marple—. Con tanta guerra y tanto reírse de los entierros. Sí, puede que no haya tenido razón al decir que eras insensible.

—No es como si la hubiéramos conocido mejor —interpuso Joan.

Miss Marple miró a la esposa de su sobrino y repuso:

—Eso es muy cierto. Tú, mi querida Joan, no la conocías en absoluto, y yo tampoco la conocía demasiado. Raymond se formó una idea de ella por una breve conversación. Lou hacía dos días que la conocía.

—Anda, tía Jane —la apremió Raymond—, dinos cuál es tu opinión. No le importa, ¿verdad, inspector?

—En absoluto.

—Bueno, querido, parece que tenemos tres personas que tenían, o podían creer que tenían, motivos para asesinar a la anciana; por tres razones muy sencillas, ninguna de ellas pudo haberlo hecho. El ama de llaves no pudo matarla porque la habían encerrado con llave en la habitación, y porque miss Greenshaw especificó bien que era un hombre quien había disparado contra ella. El jardinero no pudo haberla matado porque, a la hora en que se cometió el asesinato, estaba en El Perro y el Pato. El sobrino no pudo haberla matado porque todavía no había llegado aquí a la hora del asesinato.

—Muy bien expresado —aprobó el inspector.

—Y como parece muy improbable que la haya matado un desconocido, ¿qué otra solución puede haber?

—Eso es lo que el inspector quiere saber —dijo Raymond West.

—¡Es tan frecuente que miremos las cosas al revés! —repuso miss Marple, disculpándose—. Si no podemos modificar los movimientos ni la posición de estas personas, ¿no podríamos modificar la hora del asesinato?

—¿Quieres decir que los dos relojes, el mío y el de pared, andaban mal? —preguntó Lou.

—No, querida —dijo la anciana—. Nada de eso. Lo que quiero decir es que el asesinato no ocurrió cuando tú crees que ocurrió.

—¡Pero si lo vi! —exclamó Lou.

—Mira, querida, he estado pensando si no tendría el asesino intención de que lo vieras. Se me ocurre que puede que esa haya sido la verdadera razón por la que te concedieron ese empleo.

—¿Qué quieres decir, tía Jane?

—La verdad, hija, me parece raro. A miss Greenshaw no le gustaba gastar y, sin embargo, contrató tus servicios y se avino a pagarte el sueldo que le pediste. Es posible que alguien quisiera que estuvieras en esa biblioteca del primer piso, mirando por la ventana, para que pudieras ser el testigo principal (una persona extraña, de irreprochable buena fe) que fijara, sin dejar sombra de duda, la hora y el lugar del asesinato.

—¿No estarás insinuando que miss Greenshaw quería que la asesinaran? —preguntó Lou, escéptica.

—Lo que quiero decir, querida, es que tú en realidad no has conocido a miss Greenshaw. ¿Hay alguna razón para decir que la miss Greenshaw que viste tú al llegar a la casa sea la misma miss Greenshaw que vio Raymond unos días antes? Sí, sí, ya sé —prosiguió, para evitar la réplica de Lou—. Llevaba un vestido estampado tan extraño y el sombrero de paja y estaba despeinada. Respondía exactamente a la descripción que Raymond nos dio de ella el fin de semana anterior. Pero ten en cuenta que esas dos mujeres eran aproximadamente de la misma edad, estatura y volumen. Estoy hablando del ama de llaves y de miss Greenshaw.

—¡Pero si el ama de llaves es gorda! —exclamó Lou—. Tiene un pecho enorme.

—Pero, hijita, en estos tiempos... yo misma he visto... ciertas prendas, exhibidas en los escaparates sin el menor pudor. Es sencillísimo tener un... un busto del tamaño que uno quiera.

—¿Qué estás insinuando? —preguntó Raymond.

—Estaba pensando, querido, que en los dos o tres días que Lou trabajó allí una mujer pudo hacer los dos papeles. Tú misma has dicho, Lou, que apenas veías al ama de llaves; únicamente un momento por la mañana, cuando te subía la bandeja con el café. En el teatro vemos a esos artistas tan hábiles que salen al escenario caracterizados de personas distintas, contando solo con uno o dos minutos para hacerlo, y estoy segura de que esta otra caracterización no ofrecía la menor dificultad. Aquel peinado a lo Pompadour podía ser, sencillamente, una peluca.

—¡Tía Jane! ¿Quieres decir que miss Greenshaw estaba muerta antes de que empezara yo a trabajar en la casa?

—Muerta, no. Seguramente adormilada con narcóticos. Algo facilísimo para una mujer sin escrúpulos como el ama de llaves. Entonces se puso de acuerdo contigo para lo del trabajo y te dijo que llamaras al sobrino y lo invitaras a comer a una hora determinada. La única persona que hubiera sabido que miss Greenshaw no era miss Greenshaw era Alfred. Y no sé si te acordarás de que los dos primeros días de trabajar tú allí llovió y miss Greenshaw no salió de casa. Alfred nunca entraba en la casa, por su enemistad con el ama de llaves. Y la última mañana Alfred estaba en la avenida, mientras miss Greenshaw trabajaba en el jardín rocoso... Me gustaría ver ese jardín.

—¿Quieres decir que fue Mrs. Cresswell quien mató a miss Greenshaw?

—Creo que Mrs. Cresswell, después de llevarte el café, cerró la puerta con llave al salir y llevó al salón a miss Greenshaw, que estaba inconsciente. Luego se disfrazó de miss Greenshaw y salió a trabajar en el jardín rocoso, donde tú podías verla desde la ventana. En el momento oportuno, lanzó un grito y entró en la casa tambaleándose y agarrando una flecha, como si le hubiera penetrado en la garganta. Pidió socorro y tuvo buen cuidado de decir: «Ha sido él», para alejar las sospechas del ama de llaves. Además gritó hacia la ventana del ama de llaves, como si estuviera viéndola allí. Luego, una vez dentro del salón, tiró una mesa sobre la que había unos objetos de porcelana..., corrió escaleras arriba, se puso su peluca a lo Pompadour y, segundos más tarde, pudo perfectamente sacar la cabeza por la ventana y decirte que también a ella la habían encerrado con llave, fabricando así su coartada.

—Pero es cierto que la habían encerrado con llave —dijo Lou.

—Ya lo sé. Ahí es donde interviene el policía.

—¿Qué policía?

—Eso, ¿qué policía? ¿Quiere usted decirme, inspector, con exactitud, cómo y cuándo llegó usted al lugar del crimen?

El inspector pareció un poco desconcertado.

—A las 12.29 recibimos una llamada telefónica de Mrs. Cresswell, ama de llaves de miss Greenshaw; nos dijo que habían disparado contra su señora. El sargento Cayley y yo salimos inmediatamente en coche para allá y llegamos a la casa a las 12.35. Encontramos a miss Greenshaw muerta y a las dos señoras encerradas bajo llave en sus habitaciones.

—Ya lo estás viendo, querida —dijo miss Marple a Lou—. El policía que tú viste no era un policía de verdad. No volviste a pensar en él, naturalmente; un uniforme más.

—Pero... ¿Quién? ¿Por qué?

—En cuanto a quién..., bueno, si están representando *Un beso para la Cenicienta*, el personaje principal es un policía. Lo único que tenía que hacer Nat Fletcher era coger el traje que lleva en escena. Preguntó la dirección en un garaje, teniendo buen cuidado de llamar la atención sobre la hora, las doce y veinticinco; luego corre hacia aquí, deja el coche a la vuelta de la esquina, se pone el uniforme de policía y representa su escena.

—Pero ¿por qué? ¿Por qué?

—Alguien tenía que cerrar por fuera la puerta de la habitación del ama de llaves y alguien tenía que clavarle la flecha en la garganta a miss Greenshaw. Se puede clavar una flecha en un cuerpo sin necesidad de dispararla, pero hace falta fuerza.

—¿Quieres decir que los dos eran cómplices?

—Lo más probable es que sean madre e hijo.

—Pero la hermana de miss Greenshaw murió hace mucho tiempo.

—Sí, pero no tengo la menor duda de que Mr. Fletcher se volvió a casar. Por lo que he oído de él, es de los que se vuelven a casar. También creo posible que el niño muriera y que el llamado sobrino sea hijo de la segunda mujer y no tenga ningún parentesco con la familia Greenshaw. La mujer se metió de ama de llaves en la casa y exploró el terreno. Luego él escribió a miss Greenshaw y le propuso venir a visitarla, puede que haya dicho en broma que iba a venir con su uniforme de policía, o la invitó a que fuera a ver la obra. Pero creo que ella sospechó la verdad y se negó a verle. Nat Fletcher hubiera sido su heredero si miss Greenshaw hubiera muerto sin hacer testamento. Pero, naturalmente, una vez hecho el testamento a favor del ama de llaves, como ellos creían, todo era coser y cantar.

—Pero ¿por qué empleó una flecha? —objetó Joan—. Resulta tan rebuscado...

—Nada de rebuscado, querida. Alfred pertenece a un club de tiro con arco y pretendían que Alfred cargara con la culpa. El hecho de que a las doce y veinte estuviera ya en la cervecería fue una desgracia para ellos. Siempre se marchaba un poquito antes de la hora, y de hacerlo así habría sido perfecto... —meneó la cabeza—. La verdad es que no está bien... moralmente, quiero decir, que la pereza de Alfred le haya salvado la vida.

El inspector se aclaró la voz.

—Bueno, señora, estas ideas suyas son muy interesantes. Obviamente, tendré que investigar...

Capítulo 4

Miss Marple y Raymond West estaban junto al jardín rocoso, mirando una cesta llena de plantas medio podridas.

La anciana murmuró:

—Cestillo de oro, corona de rey, campánula... Sí, no me hacen falta más pruebas. La persona que estaba ayer aquí arrancando las plantas, junto con los hierbajos... Ahora sé que tengo razón. Gracias por traerme aquí, querido Raymond. Quería ver esto por mí misma.

Los dos alzaron la vista hacia la absurda mole de «La locura de Greenshaw».

Una tos les hizo volver la cabeza. Un joven bastante guapo estaba también mirando la casa.

—Es grande, ¿eh? —dijo—. Demasiado grande para este tiempo..., por lo menos eso dicen. Yo no estoy tan seguro. Si ganara a las quinielas y tuviera mucho dinero, me gustaría hacer una casa como esa.

Les sonrió tímidamente.

—Me figuro que ahora podré decirlo... Esa casa que ven ustedes ahí la levantó mi bisabuelo —dijo Alfred Pollok—. Y menuda casa es, por más que la llamen «La locura de Greenshaw».

El misterio del cofre español

Capítulo primero

En punto, como de costumbre, Hércules Poirot entró en la pequeña habitación donde miss Lemon, su eficiente secretaria, esperaba las instrucciones del día.

A primera vista, miss Lemon parecía estar formada en ángulos, lo que debía de satisfacer la pasión de Poirot por la simetría.

No es que Hércules Poirot llevara tan lejos su pasión por la precisión geométrica. Por el contrario, en lo tocante a mujeres tenía gustos anticuados y una preferencia poco inglesa por las curvas; podríamos decir incluso por las curvas voluptuosas. Le gustaba que las mujeres fueran mujeres. Le gustaban ampulosas, exóticas, con mucho colorido. Había habido una condesa rusa..., pero hacía mucho tiempo de eso. Una locura de juventud.

A miss Lemon nunca la había considerado como una mujer. Era una máquina humana, un instrumento de precisión. Su eficacia era extraordinaria. Tenía cuarenta y ocho años y la ventaja de carecer por completo de imaginación.

—Buenos días, miss Lemon.

—Buenos días, monsieur Poirot.

Poirot se sentó y miss Lemon colocó ante él el correo de la mañana, clasificado en montones muy ordenados. La secretaria se volvió a su asiento y esperó, con el cuaderno y el lápiz a punto.

Pero aquella mañana iba a producirse un pequeño cambio en la rutina diaria. Poirot había llevado consigo el periódico de la mañana y estaba leyéndolo con mucho interés. Tenía unos titulares grandes y llamativos:

El misterio del cofre español. Últimas noticias.

—Supongo que habrá usted leído los periódicos de la mañana, miss Lemon.

—Sí, monsieur Poirot. Las noticias de Ginebra no son demasiado buenas.

Poirot despreció las noticias de Ginebra, haciendo un amplio gesto con el brazo.

—Un cofre español —musitó—. ¿Puede usted decirme, miss Lemon, lo que es exactamente un cofre español?

—Supongo, monsieur Poirot, que será un cofre procedente de España.

—Sí, es de suponer. Entonces, ¿no tiene usted mayor conocimiento del asunto?

—Creo que suelen ser del período isabelino. Grandes y con muchos adornos de bronce. Son bonitos cuando están en buenas condiciones y bien pulidos. Mi hermana compró uno en un saldo. Guarda en él ropa de cama. Es muy bonito.

—Estoy seguro de que en casa de cualquier hermana suya todos los muebles estarán bien cuidados —dijo Poirot, inclinándose graciosamente.

Miss Lemon replicó tristemente que el servicio moderno no tenía idea de lo que era «darle a puño».

Poirot se quedó algo desconcertado con la expresión, pero decidió no hacer preguntas.

Bajó de nuevo la vista al periódico, leyendo con atención los nombres: el comandante Rich, Mr. y Mrs. Clayton, el teniente de navío Maclaren, Mr. y Mrs. Spence... Para él eran nombres; nada más que nombres. Sin embargo, todos ellos pertenecían a personas, que odiaban, amaban, temían... Hércules Poirot no tenía papel en aquel drama.

¡Y le hubiera gustado tener un papel en él! Seis personas en una fiesta, en una habitación que contenía un gran cofre español apoyado contra la pared; seis personas, cinco de las cuales hablaban, comían una cena fría, ponían discos en el gramófono, bailaban, y la sexta, muerta, dentro del cofre español.

«¡Ay —pensó Poirot—, cómo le hubiera interesado a mi amigo Hastings! ¡Cómo habría volado su imaginación! ¡Qué observaciones más absurdas habría hecho! ¡Ay, *ce cher Hastings*! Hoy, aquí, en este momento, le echo de menos... En su lugar...»

Suspiró y miró a miss Lemon. Esta, dándose cuenta de que Poirot no estaba de humor para dictar cartas, había destapado la máquina de escribir y esperaba el momento de ponerse con un trabajo atrasado. No le interesaban lo más mínimo los siniestros cofres españoles con cadáveres dentro, por añadidura.

Poirot suspiró y miró una fotografía del periódico. ¡Las fotografías de los periódicos nunca eran muy buenas y aquella estaba muy borrosa, pero qué cara!

Mrs. Clayton, esposa de la víctima...

Obedeciendo a un impulso repentino, le tendió el periódico a miss Lemon.

—Mire —le dijo—. Mire esa cara.

Miss Lemon la miró, obediente, sin mostrar la menor emoción.

—¿Qué le parece, miss Lemon? Es Mrs. Clayton.

La secretaria cogió el periódico, miró la fotografía con indiferencia y observó.

—Se parece un poco a la mujer del gerente de nuestro banco, cuando vivíamos en Croydon Heath.

—Interesante —dijo Poirot—. Cuénteme, si tiene la bondad, la historia de la mujer de ese gerente.

—Bueno, no es lo que se dice una historia muy agradable, monsieur Poirot.

—Estaba pensando que no debía de serlo. Continúe.

—Hubo muchas habladurías... sobre Mrs. Adams y un joven artista. Luego Mr. Adams se suicidó. Pero Mrs. Adams no quiso casarse con el otro hombre y este entonces tomó un veneno... Lo sacaron adelante. Por último Mrs. Adams se casó con un joven abogado. Creo que después de eso hubo más desgracias, pero nosotros, claro, nos habíamos marchado de Croydon Heath y ya no supe mucho más de ellos.

Poirot movió la cabeza, con expresión grave.

—¿Era guapa?

—Vaya, no precisamente guapa. Pero parece que tenía algo...

—Exacto. ¿Qué es ese algo que poseen las sirenas de la historia? ¿Las Helenas de Troya, las Cleopatras?

Miss Lemon, con mucha decisión, colocó en la máquina una hoja de papel.

—Francamente, monsieur Poirot, nunca se me ha ocurrido pensar en eso. Me parecen tonterías, nada más. Si la gente se ocupara de su trabajo, en lugar de ponerse a pensar en esas cosas, mucho mejor sería.

Habiendo dicho la última palabra sobre la fragilidad y la pasión humanas, miss Lemon colocó las manos sobre el teclado, esperando con impaciencia que le permitieran comenzar su trabajo.

—Ese es su punto de vista —dijo Poirot—. Y en este momento está deseando que la deje ocuparse de su trabajo. Pero su trabajo, miss Lemon, no consiste solamente en tomar mis cartas en taquigrafía, archivar mis papeles, atender mis llamadas telefónicas y escribir a máquina mis cartas. Todo eso lo hace usted maravillosamente. Pero yo no trato solo con documentos; trato también con seres humanos. Y también en este terreno necesito su ayuda.

—Naturalmente, monsieur Poirot —dijo miss Lemon, armándose de paciencia—. ¿Qué quiere usted que haga?

—Este asunto me interesa. Me gustaría que hiciera un estudio de toda la información que traen los periódicos de la mañana y de cualquier otra que venga en los de la tarde. Hágame un resumen de los hechos.

—Muy bien, monsieur Poirot.

Poirot se retiró a su cuarto de estar, sonriendo tristemente.

«Es una ironía —pensó— que después de mi querido amigo Hastings tenga a miss Lemon. ¿Podría uno imaginar mayor contraste? *Ce cher Hastings...*, ¡cómo se hubiera paseado de arriba abajo, hablando del asunto, interpretando del modo más romántico todos los incidentes, creyendo como el Evangelio todo lo que han publicado los periódicos sobre el caso! ¡En cambio mi pobre miss Lemon no disfrutará lo más mínimo con lo que le he encargado hacer!»

A su debido tiempo, miss Lemon se acercó a él con una hoja escrita a máquina.

—Tengo la información que quería, monsieur Poirot. Ahora, siento decirle que no se la puede considerar muy digna de crédito. Los reportajes de los periódicos varían mucho. No podría garantizar la exactitud de más de un sesenta por ciento de la información.

—Su cálculo, probablemente, peca de moderado —murmuró Poirot—. Gracias por el trabajo que se ha tomado, miss Lemon.

Los hechos eran sensacionales, pero muy claros. El comandante Rich, soltero y rico, había invitado a unos cuantos amigos a una fiesta de noche en su piso. Estos amigos eran Mr. y Mrs. Clayton, Mr. y Mrs. Spence y un tal Maclaren, teniente de navío. El teniente Maclaren era amigo muy antiguo de Rich y de los Clayton. Mr. y Mrs. Spence, un matrimonio joven, eran amigos bastante recientes. Arnold Clayton era funcionario de Hacienda. Jeremy Spence tenía un cargo de poca importancia en un organismo del Estado. El comandante Rich tenía cuarenta y ocho años. Arnold Clayton cincuenta y cinco. Jeremy Spence treinta y siete, el teniente Maclaren cuarenta y seis. Según los informes, Mrs. Clayton era «bastantes años más joven que su marido». Uno de los invitados no pudo asistir a la fiesta. En el último momento, Mr. Clayton tuvo que ir a Escocia, reclamado por un asunto urgente, y debía haber salido de la estación de King's Cross en el tren de las 8.15.

La fiesta se desarrolló como suelen desarrollarse esta clase de acontecimientos. Todo el mundo parecía divertirse. No hubo excesos ni borracheras. Terminó a las 11.45 aproximadamente. Primero dejaron al teniente Maclaren en su club y luego los Spence dejaron a Margharita Clayton en Cardigan Garden, muy cerca de Sloane Square, y continuaron hasta su casa, en Chelsea.

A la mañana siguiente, el criado del comandante Rich, William Burgess, hizo el terrible descubrimiento. El criado no vivía en la casa. Llegó temprano para arreglar el salón, antes de llevarle al comandante Rich el té de primera hora de la mañana. Mientras estaba limpiando la habitación, Burgess se sobresaltó al ver una mancha grande en la alfombra de color claro sobre la que descansaba el cofre español. Parecía haberse escurrido del mismo. El criado levantó enseguida la tapa del mueble y miró en el interior. Horrorizado, vio dentro del cofre el cadáver de Mr. Clayton, con un estilete clavado en el cuello.

Obedeciendo al primer impulso, Burgess salió corriendo a la calle y llamó al primer policía que encontró.

Estos eran los hechos escuetos. Pero había más detalles. La policía le había dado la noticia de inmediato a Mrs. Clayton, que se había quedado «completamente consternada». Había visto a su marido por última vez poco antes de las seis de la tarde del día anterior. Clayton había llegado a casa muy irritado porque lo reclamaban con urgencia en Escocia para un asunto relacionado con una propiedad suya. Había insistido en que su mujer fuera a la fiesta sin él. Mr. Clayton se había ido a su club, que era también el del teniente Maclaren, había tomado una copa con su amigo y le había explicado lo que pensaba. Luego, consultando su reloj, había dicho que tenía el tiempo justo, camino de King's Cross, para pasar por casa del comandante Rich y comentarle la situación. Había intentado telefonearle, pero, al parecer, el teléfono estaba estropeado.

Según la declaración de William Burgess, Mr. Clayton había llegado a la casa alrededor de las 7.55. El comandante Rich había salido, pero estaba al llegar de un momento a otro, por lo que Burgess propuso a Mr. Clayton que pasara y lo esperase. Este le dijo que no tenía tiempo, pero que entraría y le escribiría una nota. Explicó a Burgess que iba a coger un tren en King's Cross. El criado le introdujo en el salón y se volvió a la cocina, donde estaba preparando unos canapés para la fiesta. El hombre no oyó llegar a su señor, pero, unos diez minutos más tarde, el comandante Rich asomó la cabeza en la cocina y le dijo a Burgess que fuera corriendo a comprar unos cigarrillos turcos que eran los preferidos de Mrs. Spence. El criado así lo hizo y le llevó los cigarrillos a su señor. Mr. Clayton no estaba allí, pero el criado, naturalmente, pensó que se había marchado a la estación a coger el tren.

La declaración del comandante Rich era breve y sencilla. Mr. Clayton no estaba en el piso cuando él había llegado y no tenía idea de que hubiera estado enterado del viaje de Mr. Clayton a Escocia hasta que Mrs. Clayton y los demás invitados llegaron.

En los periódicos de la tarde venían dos sueltos más. Mrs. Clayton, que estaba «absolutamente postrada», había dejado su piso en Cardigan Gardens y se creía que había ido a casa de unos amigos.

La segunda noticia era de «última hora». El comandante Rich había sido acusado del asesinato de Arnold Clayton y por dicho motivo lo habían detenido.

—Y esto es todo —dijo Poirot mirando a miss Lemon—. El arresto del comandante Rich era de esperar. ¡Pero qué caso más extraordinario! ¡Qué extraordinario! ¿No lo cree usted así?

—Son cosas que pasan, monsieur Poirot —respondió la secretaria, con interés.

—¡Ah, desde luego! Pasan todos los días. O casi todos los días. Pero, por regla general, son muy comprensibles, aunque lamentables.

—Sí, desde luego, parece que es un asunto muy desagradable.

—El que le maten a uno de una puñalada y lo metan en un cofre español es muy desagradable, para la víctima, desde luego; sumamente desagradable. Pero cuando digo que este es un caso extraordinario, me refiero a la extraordinaria conducta del comandante Rich.

Miss Lemon, con cierta repugnancia, manifestó:

—Parece que quiera insinuar que el comandante Rich y Mrs. Clayton eran muy buenos amigos... Es solo una insinuación, no un hecho probado; por eso no lo he incluido.

—Ha hecho usted muy bien. Pero es una suposición que salta a la vista. ¿No tiene usted nada más que decir?

Miss Lemon se quedó desconcertada. Poirot suspiró y lamentó la falta de la viva y dramática imaginación de su amigo Hastings. El discutir un asunto con miss Lemon resultaba muy penoso.

—Piense durante un instante en ese comandante Rich. Está enamorado de Mrs. Clayton; concedido. Quiere librarse del marido; concedido también, aunque si Mrs. Clayton está enamorada de él y son amantes, no veo la urgencia.

¿Será que Mr. Clayton no quiere conceder el divorcio a su mujer? Pero no es de esto de lo que estoy hablando. El comandante Rich es un militar retirado y se dice a veces que los militares no tienen mucha inteligencia. Pero, *tout de même,* ¿ese comandante Rich no es, no puede ser, un completo imbécil?

Miss Lemon no contestó, pensó que la pregunta era puramente teórica.

—Bueno —dijo Poirot—. ¿Qué piensa usted de todo esto?

—¿Que qué pienso yo? —se sobresaltó la mujer.

—*Mais oui...,* ¡usted!

Miss Lemon adaptó su cerebro al esfuerzo que se exigía de él. No se entregaba a especulación mental de ninguna clase, a menos que se lo pidieran. En sus momentos de solaz, su cerebro se llenaba con los detalles de un sistema perfecto de archivo. Este era su único recreo mental.

—Bueno... —empezó, y se detuvo.

—Dígame lo que ocurrió, lo que usted cree que ocurrió aquella noche. Mr. Clayton está en el salón, escribiendo una nota. Llega el comandante Rich..., ¿y entonces qué?

—Encuentra allí a Mr. Clayton. Supongo... supongo que se pelean. El comandante Rich le apuñala. Luego, al ver lo que ha hecho, pues... mete el cadáver en el cofre. Hay que tener en cuenta que los invitados podían llegar de un momento a otro.

—Sí, sí. ¡Llegan los invitados! El cadáver está en el cofre. Pasa la noche. Los invitados se marchan. Y entonces...

—Pues supongo que el comandante Rich se va a la cama y... ¡Ah!

—¡Ah! —repitió Poirot—. Ahora lo ve usted. Ha asesinado usted a un hombre. Ha escondido usted el cadáver en un cofre. Y entonces... se va usted tranquilamente a la cama, sin que le preocupe en absoluto el hecho de que su criado va a descubrir el crimen por la mañana.

—¿No cabría la posibilidad de que el criado no mirase dentro del cofre? Puede que el comandante Rich no se diera cuenta de que había unas manchas de sangre.

—¿No le parece que fue un poquito despreocupado al no ir a mirar?

—Estaría conmocionado —sugirió miss Lemon.

Poirot alzó las manos, desesperado.

Miss Lemon aprovechó la oportunidad para salir corriendo de la habitación.

Capítulo 2

El misterio del cofre español no era, estrictamente hablando, cosa de Poirot. Estaba ocupándose en aquel momento de una delicada misión por encargo de una importante compañía petrolífera, uno de cuyos magnates parecía estar involucrado en un asunto dudoso. Era todo muy secreto, muy importante y sumamente lucrativo. Era lo bastante complicado para merecer la atención del detective belga y tenía la gran ventaja de requerir muy poca actividad física.

Era un asunto muy refinado y sin sangre. Crimen en las altas esferas.

El misterio del cofre español era dramático y emocionante; dos cualidades que, como Poirot le había dicho muchas veces a Hastings, suelen ser apreciadas con exceso (algo que Hastings era muy dado a hacer). Había sido siempre muy severo con *ce cher Hastings* a este respecto y ahora él estaba reaccionando de modo muy similar a como hubiera reaccionado su amigo; estaba obsesionado con las mujeres guapas, los crímenes pasionales, los celos, el odio y todos los demás motivos de los crímenes románticos. Quería saber todos los detalles de aquel caso. Quería saber cómo era el comandante Rich, cómo era Burgess, su criado, cómo era Margharita Clayton (aunque eso creía saberlo), cómo había sido el difunto Arnold Clayton (ya que, según él, la personalidad de la víctima era un factor importantísimo en un asesinato), incluso cómo eran el teniente Maclaren, el amigo fiel, y Mr. y Mrs. Spence, los amigos recientes.

¡Y no sabía cómo iba a poder satisfacer su curiosidad!

Más tarde, el mismo día, se puso a meditar en el asunto.

¿Por qué le intrigaba tanto aquel caso? Después de reflexionar, llegó a la conclusión de que le intrigaba porque, juzgando los hechos por los periódicos, el asunto era poco menos que imposible. Sí, había allí un problema muy difícil.

Partiendo de lo que podía aceptarse, dos hombres se habían peleado. La causa, probablemente, una mujer. En un arrebato, un hombre mató a otro. Sí, eso había ocurrido; aunque habría sido más natural que el marido hubiera matado al amante. Pero el caso era que el amante había matado al marido, clavándole una daga (?)... un arma poco corriente. ¿Sería italiana la madre del comandante Rich? Tenía que haber una razón que explicara la elección de la daga (¡algunos periódicos la llamaban estilete!). Estaba a mano y se habían servido de ella. El cadáver fue escondido en el cofre. Eso era de sentido común e inevitable. El crimen no había sido premeditado y, como el criado iba a volver de un momento a otro y los cuatro invitados no tardarían en llegar, no parecía que quedara otra alternativa.

Terminada la fiesta, se retiran los invitados, el criado se había marchado más temprano y... ¡el comandante Rich se va a la cama!

Para comprender esta conducta, había que ver al comandante Rich y averiguar concienzudamente qué clase de hombre era.

¿Sería posible que, abrumado por el horror de lo que había hecho y por la tensión de estar toda la noche tratando de parecer normal, hubiera tomado algún somnífero o sedante y dormido pacíficamente hasta más tarde de lo acostumbrado? Era posible. ¿O sería (¡qué interesante para los psiquiatras!) que el complejo de culpabilidad subconsciente había querido que el crimen fuera descubierto? Para llegar a una conclusión en ese punto, había que ver al comandante Rich. Siempre se volvía a...

Sonó el teléfono. Poirot lo dejó sonar, hasta que se dio cuenta de que miss Lemon se había marchado hacía ya rato, después de llevarle la correspondencia para firmar, y que probablemente George hacía algunos minutos que había salido.

Cogió el auricular.

—¿Monsieur Poirot?

—¡Al habla!

—¡Ay, qué estupendo! —Poirot pestañeó ligeramente ante el fervor de la encantadora voz de mujer—. Le habla Abbie Chatterton.

—¡Ah, lady Chatterton! ¿Qué puedo hacer yo por usted?

—Venir lo más deprisa que pueda a un cóctel espantoso que estoy dando. No es precisamente por el cóctel, en realidad es para algo muy distinto. Le necesito. Es de lo más vital. Por favor, por favor, por favor, no me falte. No me diga que no puede.

Poirot no iba a decir nada semejante. Lord Chatterton, aparte de ser par del reino y de pronunciar de cuando en cuando un discurso muy aburrido en la Cámara de los Lores, no era nada especial. Pero lady Chatterton era una de las personalidades más brillantes de lo que Poirot llamaba *le haut monde*. Todo lo que decía o hacía era noticia. Poseía inteligencia, belleza, originalidad y vitalidad suficiente para lanzar un cohete a la luna.

—Le necesito. ¡Retuérzase un poco ese maravilloso bigote suyo y venga!

La cosa no fue tan rápida. Poirot tuvo primero que arreglarse meticulosamente. Le dio el toquecito a los bigotes y se puso en camino.

La puerta de la encantadora casa de lady Chatterton en la calle Cheriton estaba entreabierta y de dentro salía un ruido como de animales amontonados en un parque zoológico. Lady Chatterton, que tenía acaparada la atención de dos embajadores, un jugador internacional de rugby y un evangelista americano, se libró de ellos como por arte de magia y en un minuto estuvo al lado de Hércules Poirot.

—¡Monsieur Poirot, qué estupendo volverle a ver! No, no tome ese Martini, que es horrible. Tengo algo especial para usted... una especie de *sirop* que beben los caídes en Marruecos. Está arriba, en mi salita de estar.

Abrió la marcha y Poirot la siguió escalera arriba. Lady Chatterton se detuvo para decir por encima de su hombro:

—No he suspendido la fiesta porque es esencial que nadie se entere de que aquí pasa algo y les he prometido a los criados unas gratificaciones enormes si el asunto no trasciende. No es agradable tener la casa invadida de periodistas. Y, además, bastante ha pasado ya la pobrecilla.

Lady Chatterton no se detuvo en el descansillo del primer piso, sino que siguió hasta el segundo.

Jadeando y algo desconcertado, Poirot continuó detrás de ella.

Lady Chatterton se detuvo, lanzó una mirada rápida por encima del pasamano de la escalera y abrió una puerta, exclamando:

—¡Lo tengo, Margharita! ¡Lo tengo! ¡Aquí está!

Se hizo a un lado, en actitud triunfal, para dejar pasar a Poirot, y luego hizo una presentación rápida.

—Margharita Clayton. Una amiga muy, muy querida. Le ayudará usted, ¿no es así? Margharita, este es el maravilloso Hércules Poirot. Hará todo lo que quieras, ¿verdad que sí, querido Poirot?

Y sin esperar una respuesta con la que contaba de antemano (no en balde lady Chatterton había sido toda su vida una belleza mimada), salió precipitadamente de la habitación y escalera abajo, diciéndoles en voz alta, sin ninguna discreción:

—Tengo que volver junto a esa gente tan horrible...

La mujer, que estaba sentada en una butaca junto a la ventana, se levantó y se acercó a Poirot. La habría reconocido aunque lady Chatterton no hubiera mencionado su nombre. Allí estaba aquella frente amplia, muy amplia, el cabello oscuro que arrancaba de ella en forma de bandos, los ojos grises, muy separados... Llevaba un vestido de un negro mate, ceñido y sin escote, que hacía resaltar la belleza de su cuerpo, la blancura de magnolia de su piel. Era un rostro original, más que hermoso, uno de esos rostros de proporciones extrañas que se ven a veces en los primitivos italianos. Tenía una especie de sencillez medieval, una inocencia extraña que, pensó Poirot, podía causar más estragos que la voluptuosidad más refinada. Al hablar, lo hizo con una especie de candor infantil.

—Dice Abbie que me va usted a ayudar...

Lo miró con expresión grave e interrogante.

Durante un momento, Poirot permaneció inmóvil, examinándola con suma atención. En la actitud del detective no había la menor impertinencia. Su mirada, amable pero inquisitiva, se asemejaba más bien a la de un médico famoso que recibe por primera vez a un paciente.

—¿Está usted segura, señora, de que puedo ayudarla? —dijo por fin Poirot.

Las mejillas de Margharita Clayton enrojecieron ligeramente.

—No le comprendo.

—¿Qué quiere usted que haga?

—Ah. —Parecía sorprendida—. Creí... que sabía quién era yo.

—Sé quién es usted. Su marido ha sido asesinado, apuñalado, y han detenido y acusado del asesinato a un tal comandante Rich.

El rubor se hizo más violento.

—El comandante Rich no mató a mi marido.

Rápido como una centella, Poirot preguntó:

—¿Por qué no?

Ella se lo quedó mirando, perpleja:

—¿Cómo... cómo dice?

—La he desconcertado porque no le he hecho la pregunta que todo el mundo hace: la policía, los abogados... «¿Por qué iba a matar el comandante Rich a Arnold Clayton?» Pero yo pregunto lo contrario. Yo le pregunto, señora, ¿por qué está usted tan segura de que el comandante Rich no le mató?

—Porque —hizo una breve pausa—, porque conozco muy bien al comandante Rich.

—Conoce usted muy bien al comandante Rich —repitió Poirot, con voz desprovista de entonación.

Tras una breve pausa, preguntó vivamente:

—¿Hasta qué punto?

Poirot no supo si ella había comprendido o no lo que quería decir: «Esta es una mujer muy sencilla o muy sutil —se dijo—. Muchas personas deben de haberse preguntado seguramente lo mismo respecto a Margharita Clayton...».

—¿Hasta qué punto? —La mujer lo miraba, indecisa—. Hace cinco años... no, pronto hará los seis.

—No era eso lo que quería decir... Tiene usted que comprender, señora, que me veré obligado a hacerle preguntas molestas. Puede que me diga la verdad, puede que mienta. A veces las mujeres tienen necesidad de mentir. Tienen que defenderse y la mentira puede ser un arma poderosa. Pero hay tres personas a las que una mujer debe decir siempre la verdad: a su confesor, a su peluquero y a su detective privado... si confía en él. ¿Confía usted en mí, señora?

Margharita Clayton suspiró profundamente.

—Sí —dijo—, confío en usted. Tengo que confiar en usted.

—Muy bien. ¿Qué quiere usted que haga, que encuentre al asesino de su marido?

—Sí..., supongo que sí.

—Pero eso no es lo esencial, ¿verdad? ¿Entonces quiere usted que libre de sospechas al comandante Rich?

Margharita Clayton afirmó con la cabeza.

—¿Eso... y nada más que eso?

Poirot se dio cuenta de que la pregunta era innecesaria. Margharita Clayton era una mujer que nunca veía dos cosas a un tiempo.

—Y ahora vamos con la impertinencia —dijo el belga—. ¿Usted y el comandante Rich son amantes?

—¿Quiere usted decir si tenemos relaciones ilícitas? No.

—Pero ¿él estaba enamorado de usted?

—Sí.

—¿Y usted... estaba enamorada de él?

—Creo que sí.

—No parece estar muy segura.

—Estoy segura... ahora.

—¡Ah! ¿Entonces no estaba usted enamorada de su marido?

—No.

—Su respuesta es de una sencillez admirable. La mayoría de las mujeres querrían explicar muy extensamente la naturaleza de sus sentimientos. ¿Cuánto tiempo llevan casados?

—Once años.

—¿Puede usted decirme algo de su marido? ¿Qué clase de hombre era?

Margharita Clayton se quedó pensativa y frunció el entrecejo.

—Es difícil. En realidad, no sé qué clase de hombre era Arnold. Era muy callado, muy reservado. No se sabía lo que estaba pensando. Era inteligente, desde luego; todo el mundo decía que era brillante... en su trabajo, quiero decir... No..., ¿cómo diría yo? Nunca hablaba de sí mismo.

—¿Estaba enamorado de usted?

—Sí, desde luego. Debía estarlo. Si no, no le habría importado tanto... —Se calló de pronto.

—¿El que hubiera otros hombres a su alrededor? ¿Era eso lo que iba usted a decir? Y, dígame, ¿era celoso?

Margharita Clayton dijo:

—Debía de serlo.

Y luego, como si creyera que la frase necesitaba ser explicada, continuó:

—A veces se pasaba días sin querer hablar...

Poirot meneó la cabeza, pensativo.

—¿Es esa la primera violencia que ha conocido usted en su vida?

—¿Violencia? —Frunció el entrecejo y luego enrojeció—. ¿Se... se refiere usted a aquel pobre chico que se pegó un tiro?

—Sí —dijo Poirot—. A algo así es a lo que me refiero.

—No tenía idea de que me quería tanto... Me daba pena. ¡Parecía tan tímido, tan solo! Creo que debía de ser neurótico. Y luego hubo dos italianos... un duelo... ¡Fue absurdo! Gracias a Dios, ninguno de ellos murió. ¡Y, en serio, no me importaba nada ninguno de los dos! Ni tampoco lo pretendí.

—No. ¡Usted se limitaba a estar allí! Y, donde usted está, ocurren estas cosas. No es la primera vez que lo veo. Precisamente porque usted no se interesa, los hombres se vuelven locos. Pero el comandante Rich le interesa. De modo que tenemos que hacer lo que podamos.

Permaneció en silencio unos segundos. Ella lo miraba con expresión grave.

—De los caracteres, que muchas veces son los que tienen verdadera importancia, vamos a pasar a los hechos concretos. Solo sé lo que se ha publicado en los periódicos. Según se desprende de los reportajes, únicamente dos personas han tenido oportunidad de matar a su marido. Solo dos personas pudieron haberle matado: el comandante Rich y el criado del propio comandante Rich.

Ella dijo con obstinación:

—*Sé* que Charles no lo mató.

—Entonces tiene que haber sido el criado. ¿Está usted de acuerdo?

Ella dijo, no muy convencida:

—Comprendo lo que quiere decir.

—Pero ¿no está convencida de que sea cierto?

—¡Es que parece... absurdo!

—Sin embargo, es una posibilidad. No existe la menor duda de que su marido fue al piso, puesto que el cadáver fue encontrado allí. Si lo que cuenta el criado es cierto, el comandante Rich lo mató. Pero ¿y si lo que cuenta el criado es falso? Entonces el criado lo mató y escondió el cadáver en el cofre, antes de que su señor regresara. Para él era un medio estupendo de deshacerse del cadáver. Lo único que tenía que hacer era «ver la mancha de sangre» a la mañana siguiente y «encontrar» el cadáver. Las sospechas recaerían inmediatamente en el comandante Rich.

—Pero ¿por qué tenía que matar a Arnold?

—Eso, ¿qué motivo iba a tener? No puede estar muy claro, puesto que la policía no lo ha descubierto. Es posible que su marido supiera algo deshonroso del criado y que fuera a decírselo al comandante Rich. ¿Le habló su marido alguna vez de ese Burgess?

Ella negó con la cabeza.

—¿Cree usted que se lo hubiera dicho, si lo que estoy suponiendo es cierto?

—Es difícil de decir. Puede que no. Arnold nunca hablaba demasiado de la gente. Ya le he dicho que era muy reservado. No era... nunca fue charlatán.

—Era un hombre que se guardaba las cosas para sí... Sí, ¿y qué opina usted de Burgess?

—No es un hombre en el que se fijaría uno mucho. Bastante buen criado. Eficiente, desde luego, pero no muy refinado.

—¿Qué edad?

—Unos treinta y siete o treinta y ocho años, calculo yo. Estuvo en el ejército cuando la guerra, aunque no era soldado regular.

—¿Cuánto lleva con el comandante?

—No mucho. Año y medio aproximadamente.

—¿Nunca observó nada extraño en su actitud respecto a su marido?

—No íbamos por allí con mucha frecuencia. No, no noté nada en absoluto.

—Ahora cuénteme lo que ocurrió aquella noche. ¿Para qué hora era la invitación?

—Para las ocho y cuarto; la cena era a las ocho y media.

—¿Qué clase de reunión iba a ser?

—Pues iba a haber bebidas y una especie de cena fría, por regla general muy buena. *Foie gras* y tostadas calientes. Salmón ahumado. Algunas veces ponían un plato caliente de arroz. Charles tenía una receta especial que había aprendido en el Cercano Oriente, pero eso era más bien para el invierno. Luego solíamos poner música. Charles tenía un gramófono estereofónico muy bueno. Mi marido y Jock Maclaren eran muy aficionados a la música clásica. Y poníamos música de baile; a los Spence les gustaba mucho bailar... Ese plan... una velada completamente formal. Charles sabía hacer muy bien los honores.

—Y esa noche en particular, ¿fue como las demás? ¿No observó usted nada fuera de lo corriente, nada fuera de su sitio?

—¿Fuera de su sitio? —Frunció el entrecejo un instante—. Cuando ha dicho usted eso... No, no me acuerdo. Había algo... —Negó con la cabeza—. No. No hubo nada fuera de lo corriente aquella noche. Nos divertimos. Todo el mundo parecía tranquilo y contento. —Se estremeció—. Y pensar que todo el tiempo...

Poirot alzó rápidamente una mano.

—No piense. ¿Qué sabe usted del asunto que llevó a su marido a Escocia?

—No gran cosa. Había un desacuerdo sobre las restricciones para vender un terreno de mi marido. Parecía que ya estaba todo decidido y entonces surgió una complicación.

—¿Qué fue lo que le dijo su marido exactamente?

—Entró con un telegrama en la mano. Si no recuerdo mal, lo que dijo fue: «Es una verdadera lata. Tendré que coger el correo nocturno de Edimburgo y ver a Johnston mañana a primera hora... Un fastidio, cuando parecía que por fin iba todo bien». Luego dijo: «¿Quieres que llame a Jock y le diga que venga a recogerte?». Yo le respondí que no era necesario, pues cogería un taxi, pero él dijo que se aseguraría que Jock o los Spence me trajeran a casa. Le pregunté si quería que le preparase una maleta para el viaje y me contestó que él mismo metería unas cuantas prendas y que comería cualquier cosa en el club antes de coger el tren. Se marchó y... y esa fue la última vez que le vi.

Le falló un poco la voz al pronunciar las últimas palabras.

Poirot la miró fijamente.

—¿Le enseñó el telegrama?

—No.

—¡Qué lástima!

—¿Por qué?

El belga no contestó a la pregunta.

—Vamos al grano —dijo, enérgico—. ¿Quiénes son los representantes legales del comandante Rich?

Ella se lo dijo y Poirot tomó nota de la dirección.

—¿Quiere escribirles unas líneas y darme el papel? Quiero concertar una entrevista con el comandante Rich.

—Está... lo han detenido durante una semana.

—Naturalmente. Ese es el procedimiento habitual. ¿Quiere hacer el favor de escribir una nota para el teniente Maclaren y otra para sus amigos los Spence? Quiero verlos a todos y es necesario que no me pongan en la puerta.

Cuando Margharita Clayton se levantó del escritorio, Poirot añadió:

—Otra cosa. Aunque yo me formaré mi opinión personal del teniente Maclaren y de Mr. y Mrs. Spence, quiero conocer la suya.

—Jock es uno de nuestros amigos más antiguos. Lo conozco desde que era una niña. Parece hosco, pero en realidad es un encanto; siempre el mismo, siempre se puede contar con él... No es alegre ni divertido, pero es fuerte como una torre... Tanto Arnold como yo apreciábamos mucho su criterio.

—Y, por supuesto, está también enamorado de usted. —Los ojos de Poirot chispearon.

—Ah, sí —dijo Margharita alegremente—. Siempre ha estado enamorado de mí..., su amor se ha convertido en una rutina.

—¿Y los Spence?

—Son divertidos... Una compañía muy agradable. Linda Spence es una chica muy inteligente. A Arnold le gusta mucho hablar con ella. Es atractiva, además.

—¿Y el marido?

—Ah, Jeremy es encantador. Le gusta mucho la música. También entiende bastante la pintura. Él y yo vamos mucho a ver exposiciones de pintura.

—Bueno, ya juzgaré por mí mismo —le cogió una mano—. Espero, señora, que no se arrepienta de haberme pedido que la ayudara.

Margharita abrió mucho los ojos.

—¿Por qué habría de arrepentirme? —preguntó.

—Nunca se sabe —dijo Hércules Poirot misteriosamente.

Al bajar la escalera, este iba diciéndose a sí mismo: «Y yo... yo no sé nada».

El cóctel continuaba en pleno apogeo, pero Poirot se escabulló y salió a la calle.

«No —repitió—. No sé nada.»

Estaba pensando en Margharita Clayton. Aquel candor infantil, aquella inocencia franca, ¿serían eso nada más u ocultaría algo? En la Edad Media había habido mujeres como aquella, mujeres sobre las que la historia no ha podido ponerse de acuerdo. Pensó en María Estuardo, la reina de Escocia. ¿Sabía aquella noche en Kirk-o'Field lo que iba a ocurrir? ¿O sería absolutamente inocente? ¿Sería posible que los conspiradores no le hubieran dicho nada? ¿Sería una de esas mujeres sencillas o infantiles, capaces de decirles «no sé nada» y creerlo? Sentía el hechizo de Margharita Clayton. Pero no estaba del todo seguro de ella.

Mujeres como aquella, aunque inocentes, podían ser causa de crímenes.

Mujeres como aquella podían ser criminales de intención, aunque no lo fueran de hecho.

Su mano blanca nunca blandía el cuchillo...

En cuanto a Margharita Clayton... No, no sabía qué pensar.

Capítulo 3

Los representantes legales del comandante Rich no estuvieron muy complacientes con Poirot. Este no esperaba otra cosa. Dieron a entender, sin decirlo, que habría sido mucho más conveniente para su cliente que Mrs. Clayton no diera ningún paso a su favor.

La visita de Poirot había sido de cortesía. Tenía influencia suficiente en el Ministerio del Interior y en el C.I.D. para concertar una entrevista con el detenido.

El encargado del caso Clayton, el inspector Miller, no era uno de los preferidos de Poirot. Sin embargo, no estuvo hostil; se limitó a mostrarse despectivo.

—No puedo perder demasiado tiempo con ese viejo chocho —le había dicho a su ayudante, antes de que Poirot fuera introducido ante su presencia—. Sin embargo, tengo que portarme con educación.

Después de saludar con toda cortesía al belga, observó jocoso:

—Tendrá usted que sacarse alguna carta de la manga para hacer algo por este, monsieur Poirot. Nadie más que Rich pudo haber matado a ese individuo.

—Excepto el criado.

—¡Bueno, le concedo al criado! Es decir, como posibilidad. Pero no va a encontrar nada por ese lado. No tenía el menor motivo para matarlo.

—No se puede estar tan seguro de ello. Los motivos a menudo son muy extraños.

—Bueno, no tenía relación alguna con Clayton. Tiene un pasado del todo inocente. Y parece tener la cabeza bien sentada y ordenada. ¿Qué más quiere usted?

—Quiero comprobar que Rich no cometió el crimen.

—Para complacer a la señora, ¿eh? —El inspector Miller sonrió con malicia—. Lo ha conquistado, ¿eh? No está mal, ¿verdad? *Cherchez la femme* con ahínco. Si no fuera porque no ha tenido oportunidad, hasta podría haberlo matado ella misma.

—¡Eso sí que no!

—¡Ah, si usted supiera! Conocí una vez a una mujer como esa. Quitó de en medio a un par de maridos sin un pestañeo de sus inocentes ojos azules. Y en ambas ocasiones estaba destrozada por el dolor. El jurado la habría absuelto a poco que hubiera podido..., pero no pudo, porque las pruebas contra ella eran irrefutables.

—Bueno, amigo mío, no vamos a discutir. Lo que sí me voy a atrever a pedirle es que me dé unos cuantos datos dignos de crédito. Los periódicos publican todo lo que es noticia, pero no siempre la verdad.

—Tienen que divertirse. ¿Qué quiere que le diga?

—La hora de la muerte con la mayor exactitud posible.

—Que no será muy precisa porque el cadáver no fue examinado hasta la mañana siguiente. Se calculó que la muerte tuvo lugar de diez a trece horas antes del examen del cuerpo. Es decir, entre las siete y las diez de la noche anterior... Le atravesaron la yugular... La muerte debió ser casi instantánea.

—¿Y el arma?

—Una especie de estilete italiano, muy pequeño y afilado como una hoja de afeitar. Nadie lo ha visto nunca ni se sabe de dónde viene. Pero lo averiguaremos... Es cuestión de tiempo y paciencia.

—¿No podía haber estado por allí a mano y haberlo cogido en medio de una pelea?

—No. El criado asegura que el arma no estaba en el piso.

—Lo que me interesa es el telegrama —dijo Poirot—. El telegrama en el que llamaban a Arnold Clayton con urgencia a Escocia... ¿Era cierto que lo reclamaban allí?

—No. No había ninguna complicación en Edimburgo. La transferencia del terreno o lo que fuera seguía su curso normal.

—¿Entonces quién mandó el telegrama? ¿Será cierto que recibió uno?

—Debió recibirlo... No es que creamos a ojos cerrados lo que dice Mrs. Clayton. Pero Clayton le dijo al criado que le habían mandado un telegrama, reclamándole en Escocia. Y se lo comunicó también al teniente Maclaren.

—¿A qué hora vio al teniente Maclaren?

—Tomaron un tentempié en el club, el Club de los Ministerios. Eso fue a eso de las siete y cuarto. Luego Clayton cogió un taxi para ir a casa de Rich y llegó allí muy poco antes de las ocho. Después... —Miller extendió las manos, en un gesto amplio.

—¿Notó alguien algo raro en la actitud de Rich aquella noche?

—Bueno, ya sabe usted cómo es la gente. Después de que ocurre algo, todo el mundo cree haber notado muchas cosas que estoy seguro que no vieron en absoluto. Mrs. Spence dice ahora que estuvo *distraite* toda la noche. Que en varias ocasiones no contestó adecuadamente. Como si «tuviera algo en la cabeza». ¡Ya lo creo que tendría algo en la cabeza, con un cadáver en el cofre! ¡Estaría pensando cómo diablos iba a deshacerse de él! Eso suponía ya un fuerte quebradero de cabeza.

—¿Por qué no se deshizo lo más rápidamente de él?

—No me lo explico. Habría perdido la cabeza. Pero fue una locura dejarlo allí hasta el día siguiente. Nunca iba a presentársele mejor oportunidad que aquella noche. No hay portero nocturno. Pudo haber sacado el coche, meter el cadáver en el portaequipaje... tiene un portaequipaje muy grande... y salir al campo y dejarlo en algún sitio. Podían haberle visto meter el cadáver en el coche, pero los pisos dan a una calle lateral y hay un patio donde entran los coches. A las tres de la madrugada, por ejemplo, tenía bastante probabilidad de poder hacerlo. ¿Y qué es lo que hace? ¡Se va a la cama, duerme hasta tarde y se despierta con la policía en la casa!

—Se fue a la cama y durmió como podía haber dormido un inocente.

—Piense usted lo que quiera. Pero ¿lo cree usted en serio?

—No puedo contestar a esa pregunta hasta que vea por mí mismo al hombre.

—¿Cree que reconoce a un inocente nada más con verlo? No es tan fácil como eso.

—Ya sé que no es fácil y no pretendo poder hacerlo. Lo que quiero saber es si ese hombre es tan estúpido como parece.

Capítulo 4

Poirot no tenía intención de ver a Charles Rich hasta haber visto a todos los demás.

Empezó por el teniente Maclaren.

Maclaren era un hombre alto, de piel morena y poco comunicativo. Tenía un rostro de facciones irregulares, aunque agradables. Era tímido y no resultaba fácil hablar con él. Pero Poirot perseveró.

Manoseando la nota de Margharita, Maclaren dijo como de mala gana:

—Bueno, si Margharita quiere que le diga todo lo que pueda, lo haré, desde luego. Aunque no veo que haya nada que decir. Ya lo sabe usted todo. Pero lo que Margharita quiere... siempre he hecho lo que ella ha querido, desde que tenía dieciséis años. Esa mujer tiene algo.

—Sí, lo sé —asintió Poirot, que añadió—: Primero quiero que me conteste con toda franqueza a una pregunta. ¿Cree usted que el comandante Rich es culpable?

—Sí, lo creo. No se lo diría a Margharita, ya que quiere creer que es inocente, pero es que no veo ninguna otra solución. ¡Qué diablos! Tiene que ser culpable.

—¿Había algún resentimiento entre el comandante Rich y Mr. Clayton?

—En absoluto, Arnold y Charles eran muy buenos amigos. Por eso este asunto es tan extraordinario.

—Puede que la amistad del comandante Rich con Mrs. Clayton...

El teniente Maclaren le interrumpió:

—¡Bah! ¡Paparruchas! Todos los periódicos lo insinúan solapadamente. ¡Maldita sea! ¡Mrs. Clayton y Rich eran buenos amigos y nada más! Margharita tiene muchos amigos. Yo soy amigo suyo. Hace muchos años que lo soy. Y no hay nada que no pueda saber todo el mundo. Era lo mismo entre Charles y Margharita.

—Entonces, ¿no cree usted que entre ellos hubiese relaciones amorosas?

—¡No! —Maclaren estaba frenético—. No escuche a esa víbora de Linda Spence. Es capaz de decir cualquier cosa.

—Pero puede que Mr. Clayton sospechara que podía haber algo entre su mujer y el comandante Rich.

—Le digo a usted que no creía nada de eso. Lo hubiera sabido yo. Arnold y yo teníamos mucha confianza.

—¿Qué clase de hombre era? Usted lo conocía mejor que nadie.

—Arnold era un hombre muy callado. Pero era inteligente, brillante. Lo que llaman un cerebro financiero de primera clase. Tenía un alto cargo en Hacienda.

—Eso me han dicho.

—Leía mucho. Y coleccionaba sellos. Era muy aficionado a la música. No bailaba ni le gustaba mucho salir.

—¿Cree usted que era un matrimonio feliz?

El teniente Maclaren no contestó enseguida. Parecía estar considerando profundamente la cuestión.

—Eso es muy difícil de saber... Sí, creo que eran felices. Él la quería mucho, a su manera, sin grandes demostraciones. Estoy seguro de que ella le quería a él. No era probable que se separaran, si eso es lo que está usted pensando. Puede que no tuvieran mucho en común.

Poirot asintió con un movimiento de cabeza. No era fácil que consiguiera nada más.

—Hábleme ahora de la última noche —dijo—. Mr. Clayton cenó con usted en el club. ¿Qué fue lo que le comunicó?

—Me dijo que tenía que ir a Escocia. Parecía irritado ante la idea. Dicho sea de paso, no cenamos. No había tiempo. Él comió unos bocadillos y tomó una copa, y yo solo una copa. No olvide que iba a cenar fuera.

—¿Le habló Mr. Clayton de un telegrama?

—Sí.

—¿No se lo llegó a enseñar?

—No.

—¿Dijo que iba a pasar por casa de Rich?

—No lo aseguró. Dijo que no creía que tuviera tiempo. «Margharita se lo explicará, o explícaselo tú. Acompañarás a casa a Margharita, ¿verdad?» Después de decir esto se marchó. Todo fue muy natural.

—¿No sospechaba en lo más mínimo que el telegrama no fuera auténtico?

El teniente Maclaren parecía muy sorprendido.

—Al parecer, no.

—¡Qué extraño!

Se quedó pensativo y luego, bruscamente, exclamó:

—Eso sí que es raro. ¿Qué objeto tenía eso? ¿Qué motivo iba a tener nadie para que fuera a Escocia?

—Es una pregunta difícil de contestar.

Hércules Poirot se despidió, dejando al teniente dándole vueltas al asunto.

Capítulo 5

Los Spence vivían en una casa diminuta en Chelsea.

Linda Spence recibió a Poirot con grandes muestras de alegría.

—Cuénteme —dijo—. ¡Cuénteme todo lo que hay de Margharita! ¿Dónde está?

—No estoy autorizado para decirlo, señora.

—¡Se ha escondido bien! Margharita es muy hábil para estas cosas. Pero me figuro que la llamarán para prestar declaración en el juicio, ¿no? No puede librarse de eso.

Poirot la miró con atención. Admitió de mala gana que era atractiva al estilo moderno, lo que equivalía a parecer una niña huérfana muerta de hambre. No le gustaba ese tipo. Recortaba su cabeza una melena corta, esponjada y artísticamente despeinada, y un par de ojos agudos miraban al detective desde una cara no muy limpia, en la que el único maquillaje era el rojo cereza de la boca. Llevaba un enorme jersey amarillo pálido que le colgaba casi hasta las rodillas y pantalones negros muy ceñidos.

—¿Qué papel tiene usted en todo esto? —preguntó Mrs. Spence—. ¿Sacar del aprieto al amiguito? ¿Es eso? ¡Qué esperanza!

—Entonces, ¿cree usted que es culpable?

—Claro. ¿Quién otro podría ser?

Ese era el problema, se dijo Poirot. Salió del paso haciendo otra pregunta.

—¿Qué le pareció la actitud del comandante Rich en la noche fatal? ¿Como suele ser de costumbre, o distinta?

Linda Spence entornó los ojos, como si meditara.

—No, no parecía el mismo. Estaba... distinto.

—¿Distinto en qué sentido?

—La verdad, acabando de matar a un hombre a sangre fría...

—Pero usted no sabía entonces que acababa de matar a un hombre a sangre fría.

—No, claro que no.

—¿Pues cómo se explicó su actitud? ¿En qué consistía la diferencia de actitud?

—Pues estaba... *distrait.* Bueno, no sé. Pero, pensando después en ello, llegué a la conclusión de que decididamente había algo.

Poirot suspiró.

—¿Quién llegó primero?

—Nosotros, Jim y yo. Y luego Jock. La última fue Margharita.

—¿Cuándo se mencionó por primera vez el viaje a Escocia de Mr. Clayton?

—Cuando llegó Margharita. Le dijo a Charles: «Arnold ha sentido muchísimo no poder venir, pero ha tenido que salir corriendo para Escocia en el tren de la noche». Charles replicó: «¡Qué fastidio!». Y entonces Jock añadió: «Perdona. Creí que ya lo sabías». Después tomamos unas copas.

—¿No mencionó el comandante Rich en ningún momento que hubiera visto al señor Clayton aquella noche? ¿No dijo nada de que hubiese pasado por su casa, camino de la estación?

—Yo no oí nada.

—¿No le pareció extraño lo del telegrama? —continuó preguntando Poirot.

—¿Qué tenía de extraño?

—Era falso. Nadie en Edimburgo sabe nada de él.

—¡Conque era eso! Me extrañaba.

—¿Tenía usted alguna idea sobre el telegrama?

—Me parece que salta a la vista.

—¿Qué quiere usted decir exactamente?

—Señor mío, no se haga el inocente —dijo Linda—. El engañador desconocido quita de en medio al marido. Aquella noche, por lo menos, no habría moros en la costa.

—¿Quiere usted decir que el comandante Rich y Mrs. Clayton pensaban pasar la noche juntos?

—¿No ha oído hablar de esas cosas? —Linda parecía divertida.

—¿Y el telegrama lo mandó uno de ellos?

—No me sorprendería.

—¿Cree usted que el comandante Rich y Mrs. Clayton mantenían relaciones amorosas?

—Digamos que no me sorprendería. Seguro no lo sé, desde luego.

—¿Sospechaba Mr. Clayton?

—Arnold era un hombre extraordinario. Era muy reconcentrado, no sé si me entiende. Yo creo que sí lo sabía. Aunque era incapaz de dejarlo ver. Todo el mundo diría que era un palo seco, sin sentimientos de ninguna clase. Pero yo estoy casi segura de que en el fondo no era así. Lo raro es que me habría sorprendido mucho menos que Arnold hubiera matado a Charles que al revés. Tengo la impresión de que Arnold era en realidad un hombre celosísimo.

—Es interesante eso.

—Aunque lo más natural habría sido que matara a Margharita. Como en *Otelo*. No sé si sabe usted que Margharita tiene un éxito enorme con los hombres.

—Es una mujer bien parecida —dijo Poirot con moderación.

—No es solo eso. Tiene algo. Entusiasma a los hombres y luego se vuelve a mirarlos sorprendida, abriendo mucho los ojos, y los vuelve locos.

—*Une femme fatale*.

—Sí, ese será el nombre extranjero.

—¿La conoce usted bien?

—Claro, es una de mis mejores amigas... ¡Y no me fío ni un pelo de ella!

—¡Ah! —exclamó Poirot y, dejando el tema, pasó a hablar del teniente Maclaren.

—¿Jock? ¿El perro fiel? Es un cielo de hombre. Ha nacido para ser el amigo de la familia. Él y Arnold eran amigos de verdad. Creo que era la persona con quien Arnold tenía más confianza. Además, claro, es el perro fiel de Margharita. Hace muchos años que está enamorado de ella.

—¿Y Mr. Clayton estaba también celoso de él?

—¿Celoso de Jock? ¡Qué idea! Margharita le tiene verdadero cariño a Jock, pero nunca le ha dedicado un pensamiento de otra clase. No creo que nadie se lo haya dedicado..., yo no sé por qué. ¡Es una lástima, porque es un auténtico sol!

Poirot pasó a hablar del criado. Pero, aparte de decir vagamente que sabía mezclar bien los cócteles, Linda Spence no parecía tener ninguna idea respecto a Burgess; apenas se había fijado en él.

Pero comprendió enseguida.

—Está usted pensando que tuvo igual oportunidad que Charles para matar a Arnold, ¿verdad? Me parece de una improbabilidad enorme.

—Sus palabras me deprimen, señora. Pero también me parece, aunque probablemente no estará usted de acuerdo conmigo, que también es muy improbable no que el comandante Rich haya matado a Arnold Clayton, sino que lo haya matado del modo especial en que lo hizo.

—¿Con el estilete? Sí, desde luego; está fuera de lugar. Hubiera sido más natural utilizar un instrumento romo. O podía haberle estrangulado.

Poirot suspiró.

—Otra vez *Otelo*. Sí, *Otelo*... Acaba de darme usted una pequeña idea.

—¿Sí? ¿Qué...? —Se oyó el ruido de una llave al girar en una cerradura y el de una puerta al abrirse—. Ah, ahí está Jeremy. ¿Quiere usted hablar también con él?

Jeremy Spence era un hombre de aspecto agradable, de unos treinta y tantos años, bien vestido y de una discreción que casi resultaba jactanciosa. Mrs. Spence murmuró que necesitaba ir a echar un vistazo a un guiso que tenía en la cocina y se marchó, dejando solos a los dos hombres. Jeremy Spence no mostró nada de la encantadora sinceridad de su mujer. Se veía claramente que le desagradaba en grado sumo verse envuelto en aquel asunto y tenía buen cuidado en contestar con reserva. Hacía tiempo que conocía a los Clayton. A Rich no tan bien. Parecía un hombre desagradable. En la noche en cuestión, Rich le había parecido el de siempre. Clayton y Rich parecían estar siempre en buenos términos. Todo aquello había resultado del todo incomprensible para él.

Durante la conversación, Jeremy Spence daba a entender claramente que esperaba que Poirot se marchara pronto. Le trató con la amabilidad indispensable para no ser grosero.

—Me parece que no le gustan estas preguntas —dijo el detective.

—Hemos tenido una buena sesión de todo esto con la policía. Me parece que ya está bien. Hemos dicho todo lo que sabemos y todo lo que hemos visto. Ahora... me gustaría olvidarlo.

—Lo comprendo perfectamente. Verse mezclado en una cosa así es de lo más desagradable, que le pregunten a uno no solo lo que sabe o ha visto, sino también lo que piensa...

—Mejor no pensar.

—Pero ¿puede uno evitarlo? Por ejemplo, ¿cree usted que Mrs. Clayton está implicada en el asunto, que planeó con Rich la muerte de su marido?

—¡Qué barbaridad! ¡Cómo voy a creerlo! —Spence parecía escandalizado y espantado—. No tenía idea de que estuvieran pensando en semejante posibilidad.

—¿No la ha sugerido su mujer?

—¡Ah, Linda! Ya sabe usted cómo son las mujeres..., siempre ensañándose unas con otras. Margharita no cuenta con muchas simpatías entre su sexo..., es demasiado atractiva. Pero esta teoría de Rich y Margharita planeando el asesinato... ¡es fantástica!

—No sería la primera vez. El arma, por ejemplo. Es más probable que un arma así pertenezca a una mujer que a un hombre.

—¿Quiere usted decir que la policía ha probado que el arma era de ella? ¡No es posible! Quiero decir que...

—No sé nada —dijo Poirot, lo cual era verdad.

Y se escabulló apresuradamente.

A juzgar por la consternación del rostro de Spence, le había dejado a aquel caballero algo en que pensar.

Capítulo 6

—Perdone que le diga, monsieur Poirot, que no veo cómo va a poder usted ayudarme.

Poirot no contestó. Estaba mirando con expresión pensativa al hombre que había sido acusado del asesinato de su amigo Arnold Clayton.

Estaba observando la mandíbula firme, la frente estrecha. Un hombre delgado y moreno, atlético y vigoroso. Tenía cierto parecido con un galgo. Un hombre de rostro inescrutable, que había recibido a sus visitantes con manifiesta hostilidad.

—Comprendo que Mrs. Clayton le ha dicho que venga a verme con la mejor intención del mundo. Pero, francamente, creo que ha sido una imprudencia. Por ella y por mí.

—¿Qué quiere decir?

Rich miró con nerviosismo por encima del hombro. Pero el guardián estaba a la distancia marcada por la ley. El hombre bajó la voz.

—Tiene que encontrar un motivo que justifique esta acusación absurda. Tratarán de demostrar que había... unas relaciones entre Mrs. Clayton y yo. Eso, como sé que Mrs. Clayton le habrá dicho, es completamente falso. Somos amigos y nada más. Pero ¿no le parece que sería aconsejable que no hiciera nada por mí?

Hércules Poirot ignoró ese punto, fijando su atención en una palabra.

—Dijo usted esta acusación «absurda». Pero no es absurda.

—Yo no he matado a Arnold Clayton.

—Llámela entonces una acusación falsa. Diga que la acusación no es cierta. Pero no es absurda. Por el contrario, es muy plausible.

—Lo único que sé es que para mí es increíble.

—Eso le ayudará muy poco. Tenemos que pensar en algo más útil.

—Tengo mis representantes legales y estos han contratado a un eminente abogado para que se encargue de mi defensa. No puedo aceptar el «tenemos».

Inesperadamente, Poirot sonrió.

—¡Ah! —exclamó acentuando sus ademanes extranjeros—. Capto la idea. Muy bien. Me voy. Quería verle. Ya le he visto. Ya he mirado su historial. Entró usted en Sandhurst[1] con muy buenas notas. Pasó al Estado Mayor, etcétera, etcétera. Tengo formada una opinión de usted. No es estúpido.

—¿Y qué tiene eso que ver con el asunto?

—¡Muchísimo! Es imposible que un hombre de su capacidad haya cometido un asesinato del modo que fue cometido este. Muy bien. Es usted inocente. Hábleme ahora de su criado Burgess.

—¿Burgess?

—Sí. Si usted no mató a Clayton, debió matarlo Burgess. Esta contestación es inevitable. Pero ¿por qué? Tiene que haber un porqué. Usted es la única persona que conoce a Burgess lo suficiente para hacer conjeturas. ¿Por qué, comandante Rich, por qué?

—No tengo ni idea. Sencillamente, no lo creo. Sí, sí, ¡he razonado del mismo modo que usted! Burgess tuvo oportunidad para hacerlo..., la única persona, excepto yo, que

1. Academia militar.

tuvo oportunidad. Lo malo es que no lo creo. Burgess no es de esos hombres a los que puede uno imaginarse asesinando a alguien.

—¿Qué opinan sobre el particular sus representantes legales?

Los labios de Rich se apretaron en un gesto torvo.

—Mis representantes legales se pasaron el tiempo preguntándome, de modo muy persuasivo, si no era cierto que toda la vida había sufrido de pérdidas temporales de memoria y que en esos momentos no sabía lo que hacía.

—No sabía que las cosas estuvieran tan mal —dijo Poirot—. Bueno, puede que averigüemos que el que sufre pérdidas de memoria es Burgess. Es una idea. Vamos ahora con el arma. Se la habrán enseñado y le habrán preguntado si era suya, ¿no es así?

—No era mía. Nunca la había visto en mi vida.

—No es suya, no. Pero ¿está usted seguro de que no la había visto nunca?

—No. —Rich titubeó un segundo—. Es una especie de adorno... Por muchas casas ve uno objetos así.

—Quizá en la salita de una mujer. ¿Quizá en la salita de Mrs. Clayton?

—¡No!

Rich pronunció la palabra con voz muy alta y el guardián alzó la vista.

—*Très bien*. No..., y no es necesario que grite. Pero alguna vez, en algún sitio, ha visto usted algún objeto muy parecido. ¿Me equivoco?

—No creo... En alguna tienda de objetos raros...

—Ah, es muy probable. —Poirot se levantó—. Ahora me retiro.

Capítulo 7

—Y ahora vamos con Burgess —dijo Hércules Poirot—. Sí, vamos por fin con Burgess.

Sabía algo de todas las personas relacionadas con el asunto por sí mismo y por lo que le habían dicho unas de otras. Pero nadie le había dado ninguna información sobre Burgess, ninguna indicación de la clase de hombre que era.

Al verlo comprendió por qué.

El criado estaba esperándole en el piso del comandante Rich, advertido de su visita por una llamada telefónica del teniente Maclaren.

—Soy Hércules Poirot.

—Sí, señor. Le estaba esperando.

Burgess sostuvo la puerta en actitud respetuosa y Poirot entró. El vestíbulo era pequeño y cuadrado, y a la izquierda había una puerta abierta que conducía al salón. Burgess ayudó a Poirot a despojarse de su sombrero y su abrigo, y le siguió al salón.

—¡Ah! —exclamó el detective, mirando a su alrededor—. ¿Fue aquí donde ocurrió?

—Sí, señor.

Burgess era un hombre callado, pálido y de aspecto un poco enfermizo. Movía los hombros y los codos con torpeza y hablaba con voz monótona y un acento provinciano que Poirot conocía. De la costa del este, quizá. Parecía un hombre nervioso, pero, aparte de eso, no tenía características muy destacadas. Era difícil asociarlo con una acción positiva de ninguna clase. ¿Podría uno tomar como punto básico de partida a un asesino negativo?

Sus ojos azul pálido tenían esa mirada huidiza que las personas poco observadoras suelen asociar con la falta de honradez. Sin embargo, un mentiroso puede mirarle a uno a la cara con atrevimiento y confianza.

—¿Qué hacen con el piso? —preguntó Poirot.

—Sigo ocupándome de él, señor... El comandante Rich se ha encargado de que me paguen el sueldo y me ordenó que tuviese el piso en orden hasta... hasta...

Apartó los ojos, incómodo.

—Hasta... —asintió Poirot.

Y añadió en tono práctico:

—Creo que es casi seguro que el comandante Rich será juzgado. Probablemente la vista tendrá lugar antes de los tres meses.

Burgess meneó la cabeza, no negando, sino en señal de perplejidad.

—Parece imposible —dijo.

—¿Que el comandante Rich sea un asesino?

—Todo el asunto. Ese cofre...

Miró a un extremo de la habitación.

—Ah, ¿de modo que ese es el famoso cofre?

Era un enorme mueble de madera muy oscura y barnizada, tachonado de bronce y provisto de una cerradura grande y antigua.

Poirot se acercó a él.

—Hermoso mueble.

Estaba colocado contra la pared, cerca de la ventana y al lado de un mueble moderno para guardar los discos. Al otro lado del cofre había una puerta entreabierta, parcialmente disimulada por un gran biombo de cuero pintado.

—Esa puerta conduce al dormitorio del comandante Rich —dijo Burgess.

Poirot afirmó con la cabeza. Sus ojos se dirigieron al otro lado de la habitación. Había dos tocadiscos estereofónicos, colocados en sendas mesitas bajas, y de los que colgaban unos flexibles serpenteantes. Había varios butacones y una mesa grande. En las paredes, una colección de grabados japoneses. Era una habitación bonita y cómoda, pero no lujosa.

Poirot se volvió a mirar a Burgess.

—El descubrimiento del cadáver debe de haberle causado una impresión muy fuerte —dijo con amabilidad.

—Ya lo creo, señor. Nunca lo olvidaré.

El criado empezó a hablar muy deprisa. Quizá pensara que, si repetía la historia muchas veces, acabaría por quitársela de la cabeza.

—Estaba ordenando la habitación, señor. Recogiendo copas y todo eso. Me había agachado a coger dos aceitunas del suelo cuando la vi ahí, en la alfombra: una mancha oscura, rojiza. No, la alfombra se la han llevado a la tintorería. La policía ya no la necesitaba. «¿Qué es eso?», pensé. Y me dije, así como de broma: «La verdad es que parece sangre. Pero ¿de dónde viene?». Y entonces vi que venía del cofre..., por aquí, por este lado, donde está la grieta. Y dije, sin sospechar nada todavía: «Pero ¿qué...?». Y levanté la tapa así —acompañó la palabra con la acción— y me encontré con el cadáver de un hombre, echado de lado, todo encogido, como si estuviera dormido. Y aquel horrible cuchillo extranjero, o daga, o lo que sea, saliéndole del cuello... ¡Nunca lo olvidaré! ¡Nunca! ¡No lo olvidaré mientras viva! La impresión... dese usted cuenta, no me lo esperaba... —respiró profundamente y prosiguió—: Dejé caer la tapa, salí corriendo del piso y bajé a la calle. Iba buscando un policía y tuve suerte, pues encontré uno ahí, a la vuelta.

Poirot lo miró, pensativo. Si estaba fingiendo, era muy buen actor. Empezó a temer que no estuviera fingiendo, que las cosas hubieran ocurrido exactamente como Burgess había dicho.

—¿No se le ocurrió primero despertar al comandante Rich?

—No, señor. Con la impresión... Solo... solo quería salir de aquí lo antes posible. —Tragó saliva—. Y... y conseguir ayuda.

Poirot asintió con la cabeza.

—¿Se dio usted cuenta de que era Mr. Clayton? —preguntó.

—Debía haberme dado cuenta, pero la verdad es que no creo que lo reconociera. Claro que cuando volví con el policía dije enseguida: «Pero si es Mr. Clayton». Y él me preguntó: «¿Quién es Mr. Clayton?». Y yo respondí: «Un señor que estuvo aquí anoche».

—Ah —dijo Poirot—, anoche... ¿Recuerda usted a qué hora llegó Mr. Clayton?

—El minuto exacto no. Pero serían muy cerca de las ocho menos cuarto.

—¿Lo conocía usted bien?

—Él y Mrs. Clayton han estado viniendo por aquí con frecuencia en el año y medio que llevo trabajando en esta casa.

—¿Parecía normal?

—Creo que sí. Un poco sin aliento..., pero lo achaqué a que habría venido corriendo. Iba a coger un tren, al menos eso dijo.

—¿Llevaría consigo una maleta, puesto que se iba a Escocia?

—No, señor. Supongo que tendría un taxi esperándole abajo.

—¿Se llevó una decepción al ver que el comandante Rich no estaba en casa?

—No noté nada. Dijo que le dejaría una nota. Entró aquí, se fue al escritorio y yo me volví a la cocina. Iba un poco retrasado con los huevos con anchoas. La cocina está al final del pasillo y no se oye muy bien desde allí. No le oí salir ni tampoco entrar al señor, pero no me extrañó.

—¿Y después?

—El comandante Rich me llamó. Estaba aquí, en la puerta. Dijo que se había olvidado de los cigarrillos turcos de Mrs. Spence y que fuera corriendo a buscarlos. Fui a buscar los cigarrillos y los puse en esta caja. Como es natural, creí que Mr. Clayton se había marchado ya a la estación.

—¿Y nadie más entró en el piso mientras el comandante Rich estaba fuera y usted estaba ocupado en la cocina?

—No, señor; nadie.

—¿Está usted seguro?

—¿Cómo iba a entrar nadie, señor? Tendrían que llamar al timbre.

Poirot meneó la cabeza. ¿Cómo iba a haber entrado nadie? Los Spence, Maclaren y Mrs. Clayton podían dar cuenta de todos sus actos. Maclaren estaba con unos conocidos en el club, los Spence tenían un par de amigos en casa, tomando unas copas antes de salir para casa de Rich, y Margharita Clayton estaba hablando por teléfono con una amiga a aquella hora. No es que considerara a ninguno de ellos como posible asesino. Había otras maneras de matar a Arnold Clayton, sin necesidad de seguirle a un piso donde sabían que había un criado y a donde llegaría el dueño de un momento a otro. No, lo que acababa de ocurrírsele era que podía haber entrado en la casa «un desconocido misterioso». Alguien surgido del pasado aparentemente irreprochable de Clayton, que lo había reconocido en la calle y le había seguido hasta el piso. Una vez allí, le había clavado el estilete, había metido el cadáver en el cofre y había huido. Melodrama puro, sin ninguna lógica y sumamente improbable. Muy de acuerdo con las novelas románticas... haciendo juego con el cofre español.

Se dirigió de nuevo al cofre, cruzando la habitación. Levantó la tapa, que no ofreció resistencia ni hizo el menor ruido.

Con voz débil, Burgess dijo:

—Lo han limpiado muy bien, señor. Tuve buen cuidado de que lo limpiaran.

Poirot se inclinó sobre él. Lanzando una exclamación ahogada, se inclinó más y se puso a explorar con los dedos el interior del cofre.

—Estos agujeros, aquí al fondo del cofre, en un lado... Parece... parece al verlos y al tocarlos como si hubieran sido hechos muy recientemente.

—¿Agujeros, señor? —El criado se inclinó para ver—. No puedo decirle. Nunca los había visto.

—No se ven mucho. Pero ahí están. En su opinión, ¿cuál es su objeto?

—No sé qué decirle, señor. Puede que algún animal, un escarabajo, un bicho de esos que comen la madera...

—¿Un animal? —dijo Poirot—. No sé.

Se alejó del cofre.

—Cuando entró usted aquí con los cigarrillos, ¿había algo distinto en la habitación? ¿Algo, cualquier cosa? Unas sillas o una mesa fuera de su sitio, algo por el estilo...

—Es raro que diga usted eso, señor... Pues sí, había algo. Ese biombo que quita la corriente de la puerta del dormitorio estaba corrido un poco más hacia la izquierda.

—¿Así? —Poirot se movió rápidamente.

—Todavía un poco más... Así.

El biombo ocultaba antes aproximadamente la mitad del cofre. En su nueva posición lo ocultaba casi por completo.

—¿Por qué ha pensado usted ahora mismo que lo habrían movido?

—No lo he pensado, señor.

«Otra miss Lemon.»

Burgess, no muy convencido, añadió:

—Parece que de ese modo queda más libre el paso por la puerta del dormitorio... por si las señoras querían ir a dejar sus abrigos.

—Puede ser. Pero puede que haya otra razón. —Burgess lo miraba con expresión interrogante—. De esta manera, el biombo oculta el cofre y la alfombra debajo del cofre. Si el comandante Rich había matado a Mr. Clayton, la sangre empezaría muy pronto a gotear por las ranuras que hay en el fondo del cofre. Alguien podría ver la mancha... como la vio usted a la mañana siguiente.

—No se me había ocurrido, señor.

«Por eso el biombo fue movido de su lugar.»

—¿Es fuerte la luz de la habitación?

—Voy a encenderla, señor.

Rápidamente, el criado corrió las cortinas y encendió un par de lámparas. Despedían una luz suave, apenas suficiente para leer. Poirot miró la lámpara del techo.

—Esa no estaba encendida. Se usa muy poco.

Poirot miró a su alrededor, sumido dentro del suave resplandor.

El criado dijo:

—No creo que pudiera verse la mancha de sangre, señor; la luz no es lo bastante fuerte.

—Creo que tiene usted razón. Entonces, ¿por qué corrieron el biombo?

Burgess se estremeció.

—Es horrible pensar que... que un señor tan agradable como el comandante Rich haya hecho algo así.

—¿No tiene usted la menor duda de que ha sido él? ¿Por qué lo mató?

—Bueno, señor, ha pasado la guerra. A lo mejor le han herido en la cabeza. Dicen que algunas veces sale el efecto de años. Se ponen raros de pronto y no saben lo que hacen. Y dicen que muchas veces la toman con las personas que están más cerca de ellos y a quienes quieren más. ¿Cree usted que puede haber sido así?

Poirot lo miró, suspiró y se volvió de espaldas.

—No —dijo—, no fue así

Con ademán de prestidigitador, le metió en la mano a Burgess un papel crujiente.

—Muchas gracias, señor, pero no puedo...

—Me ha ayudado usted —dijo Poirot—. Me ha ayudado al enseñarme esta habitación, al enseñarme lo que hay en la habitación, al contarme lo que ocurrió aquella noche... ¡Lo imposible nunca es imposible! Recuérdelo. He dicho que solo había dos posibilidades. Estaba equivocado. Hay una tercera posibilidad. —Miró de nuevo a su alrededor y se estremeció ligeramente—. Descorra las cortinas. Deje que entren la luz y el aire. Este cuarto los necesita. Tiene que purificarse. Creo que pasará mucho tiempo antes de que quede limpio de lo que ahora lo mancha: el pertinaz recuerdo del odio.

Burgess, con la boca abierta, le tendió a Poirot el sombrero y el abrigo. Parecía totalmente desconcertado. Poirot, que disfrutaba haciendo declaraciones incomprensibles, bajó las escaleras a paso vivo.

Capítulo 8

Al llegar a su casa, Poirot llamó por teléfono al inspector Miller.

—¿Qué se sabe de la maleta de Clayton? Su mujer dice que había preparado una.

—Estaba en el club. Se la dejó al portero. Luego debió de olvidarse de ella y se marchó sin cogerla.

—¿Qué había dentro?

—Lo normal. Un pijama, una camisa limpia y las cosas de asearse.

—Muy concienzudo.

—¿Qué esperaba usted que hubiera dentro?

Poirot ignoró la pregunta.

—Vamos ahora con el estilete —dijo—. Le aconsejo que se ponga en contacto con la mujer que le limpia la casa a Mrs. Spence. Averigüe si vio alguna vez por la casa un objeto parecido.

—¿Mrs. Spence? —Miller lanzó un silbido—. ¿Es por ahí por donde van sus sospechas? Le hemos enseñado el estilete a Mr. y a Mrs. Spence y no lo han reconocido.

—Pregúnteles otra vez.

—Quiere usted decir...

—Y luego dígame lo que dicen...

—¡No me imagino qué es lo que cree que ha conseguido!

—Lea *Otelo*, Miller. Piense en los personajes de *Otelo*. Nos hemos olvidado de uno de ellos.

Colgó. A continuación llamó a lady Chatterton. El teléfono estaba comunicando.

Volvió a llamar un poco más tarde. Tampoco tuvo éxito. Llamó a George, su criado, y le dijo que continuara marcando el número. Sabía que lady Chatterton era incorregible hablando por teléfono.

Se sentó en una butaca y se quitó con cuidado los zapatos de charol, estiró los dedos de los pies y se recostó.

—Estoy viejo —murmuró Poirot—. Me canso pronto, pero las células grises... esas siguen funcionando. Despacio, pero funcionan... —se animó—. *Otelo*, sí. ¿Quién fue el que me habló de *Otelo*? Ah, sí, Mrs. Spence. La maleta... el biombo... El cadáver, en la postura de dormir. Un asesinato hábil. Premeditado, planeado... ¡hasta creo que disfrutado!

George le anunció que lady Chatterton estaba al teléfono.

—Le habla Hércules Poirot, señora. ¿Puedo hablar con su invitada?

—¡No faltaba más! Ay, monsieur Poirot, ¿ha hecho usted alguna maravilla?

—Todavía no —contestó el belga—. Pero creo que la cosa marcha.

Después oyó la voz de Margharita, tranquila, suave.

—Mrs. Clayton, cuando le pregunté si había notado usted algo fuera de lugar aquella noche en la fiesta frunció el entrecejo, como si recordara algo..., pero luego el recuerdo se borró. ¿Sería la posición del biombo de la habitación?

—¿El biombo? Sí, claro, eso era. No estaba exactamente en el sitio de costumbre.

—¿Bailó usted aquella noche?

—Parte del tiempo.

—¿Con quién bailó más?

—Con Jeremy Spence. Baila estupendamente. Charles baila bien, pero nada especial. Él y Linda bailaban juntos y de cuando en cuando cambiábamos de pareja. Jock Maclaren no baila. Él sacaba los discos, los ponía y preparaba las bebidas.

—¿Más tarde pusieron música seria?

—Sí.

Hubo una pausa. Luego Margharita dijo:

—Monsieur Poirot, ¿a qué viene... todo esto? ¿Hay... hay esperanza?

—¿Se da usted cuenta alguna vez de los sentimientos de las personas que la rodean?

Su voz, ligeramente sorprendida, dijo:

—Supongo... supongo que sí.

—Yo supongo que no. Creo que no tiene usted ni idea. Creo que esa es la tragedia de su vida. Pero la tragedia para los demás, no para usted. Una persona me ha mencionado hoy a Otelo. Le pregunté si su marido era celoso y me dijo que usted creía que debía serlo. Pero lo dijo sin darle importancia. Lo dijo como podía haberlo dicho Desdémona, sin darse cuenta del peligro. Ella también reconocía los celos, pero no los comprendía, porque nunca había sentido ni podría sentir nunca celos. En mi opinión, no sentía la fuerza de la pasión física. Amaba a su marido con el fervor romántico con que se ama a un héroe; quería a su amigo Casio con cariño inocente, como a un compañero que está muy cerca de uno... Creo que era por esa inmunidad suya a la pasión por lo que volvía locos a los hombres... ¿Comprende lo que estoy diciendo, señora?

Después de una pausa, la voz de Margharita, tranquila, dulce y algo desconcertada, respondió:

—No..., no comprendo bien lo que está diciendo...

Poirot suspiró y dijo en tono práctico:

—Esta noche voy a ir a hacerle una visita.

Capítulo 9

El inspector Miller no era un hombre fácil de convencer. Pero tampoco era fácil librarse de Poirot hasta que había conseguido lo que quería. El inspector refunfuñó, pero capituló.

—... aunque no sé qué tiene que ver lady Chatterton con todo esto...

—Nada, en realidad. Ha ofrecido cobijo a una amiga, eso es todo.

—¿Cómo ha sabido usted lo de esos Spence?

—¿Que el estilete era de ellos? Ha sido una suposición nada más. Me dio la idea algo que dijo Jeremy Spence. Le indiqué la posibilidad de que el estilete perteneciera a Margharita Clayton. Me demostró que sabía positivamente que no era de ella.

Tras una pausa, Poirot preguntó con cierta curiosidad:

—¿Qué dijeron?

—Reconocieron que se parecía mucho a una daga de juguete que habían tenido, pero que se había extraviado hace unas semanas y no habían vuelto a pensar en ella. Me figuro que Rich la habrá, a buen seguro, cogido de allí.

—Un hombre a quien no le gusta correr riesgos, ese Jeremy Spence —dijo Hércules Poirot. Y murmuró para sí—: Hace unas semanas... Sí, claro, el plan empezó hace mucho tiempo.

—¿Eh? ¿Qué dice?

—Ya llegamos —advirtió Poirot.

El taxi se acercaba a la casa de lady Chatterton. Poirot pagó la tarifa.

Margharita Clayton estaba esperándoles en la habitación del piso de arriba. Su rostro se endureció al ver a Miller.

—No sabía...

—¿No sabía usted quién era el amigo a quien me proponía traer conmigo? —dijo Poirot.

—El inspector Miller no es amigo mío —replicó ella.

—Eso depende de si quiere usted o no que se haga justicia. Su marido ha sido vilmente asesinado... —intervino Miller.

—Y ahora tenemos que hablar de quién lo mató —le interrumpió Poirot rápidamente—. ¿Puedo sentarme, señora?

Lentamente, Margharita se sentó en una butaca de respaldo alto, frente a los dos hombres.

—Les pido que me escuchen con paciencia —dijo Poirot, dirigiéndose a los dos—. Creo que ya sé lo que ocurrió la noche fatal en el piso del comandante Rich... Todos partíamos de una suposición falsa: que solo dos personas habían tenido oportunidad de meter el cadáver en el cofre, esto es, el comandante Rich y William Burgess. Pero estábamos equivocados: en el piso había aquella noche una tercera persona que tuvo igual oportunidad de hacerlo.

—¿Y quién era esa persona? —preguntó Miller, escéptico—. ¿El chico del ascensor?

—No. Arnold Clayton.

—¿Qué? ¿Y escondió su propio cadáver? Está usted loco.

—Un cadáver no, naturalmente. Un cuerpo vivo. Dicho en otros términos: se escondió en el cofre. Algo que se ha hecho muchas veces en la historia. La novia muerta de *La rama de muérdago*, Iaquimo planeando atentar contra la virtud de Imogen, etcétera. Pensé en ello en cuanto vi que hacía muy poco que habían hecho unos agujeros en el cofre.

¿Por qué? Los hicieron para que pudiera entrar aire suficiente en el cofre. ¿Por qué cambiaron aquella noche el biombo de su sitio de costumbre? Para ocultar el cofre a la vista de las personas presentes en la habitación. Para que el hombre que se había escondido pudiera de cuando en cuando levantar la tapa y oír lo que se decía.

—Pero ¿por qué? —preguntó Margharita, con los ojos muy abiertos por el asombro—. ¿Por qué iba a esconderse Arnold en el cofre?

—¿Y lo pregunta usted, señora? Su marido era un hombre celoso. Era, además, hombre de pocas palabras. «Reconcentrado», como dijo su amiga Mrs. Spence. Sus celos fueron aumentando. ¡Lo torturaban! ¿Era usted o no era usted amante de Rich? ¡No lo sabía! Y tenía que saberlo. Por eso lo del telegrama de Escocia, el telegrama que nadie envió y que nadie vio. Mete unas cuantas cosas en una maleta pequeña y se la deja «olvidada» ex profeso en el club. Posiblemente se entera de que Rich no va a estar en casa y se presenta en el piso. Le dice al criado que va a escribir una nota. En cuanto se queda solo, hace los agujeros en el cofre, corre el biombo y se mete dentro del mueble. Aquella noche sabrá la verdad. A lo mejor su mujer se queda después de marcharse los demás; a lo mejor se marcha, pero después vuelve... Aquella noche, aquel hombre desesperado y atormentado por los celos sabrá la verdad...

—¿No estará usted insinuando que se apuñaló a sí mismo? —dijo Miller, con una voz que denotaba incredulidad—. ¡Tonterías!

—No, no, lo mató otra persona. Una persona que sabía que estaba allí. ¡Ya lo creo que fue un asesinato! Un asesinato planeado con mucho cuidado y con mucho tiempo. Piensen en los demás personajes de *Otelo*. Es de Yago de quien teníamos que habernos acordado. Envenenando sutilmente la mente de Arnold Clayton con insinuaciones, sospechas... ¡El honrado Yago, el amigo fiel, el hombre a quien siempre se cree! Arnold Clayton le creyó. Arnold Clayton dejó que se sirviera de sus celos y los estimulara, hasta hacerlos llegar al paroxismo. ¿Fue idea de Arnold Clayton esconderse en el cofre? Puede que haya creído que lo era... ¡es probable! La escena está dispuesta. El estilete, robado unas semanas antes, está preparado. Llega la noche. La luz es discreta, el gramófono está sonando, dos parejas bailan y el hombre sin pareja está ocupándose de los discos, que se guardan en un mueble junto al cofre español y al biombo que lo oculta. Deslizarse detrás del biombo, levantar la tapa y clavar el estilete... ¡Un golpe audaz, pero muy sencillo, simple a más no poder!

—¡Clayton hubiera gritado!

—Si estaba narcotizado, no —dijo Poirot—. Según dijo el criado, el cadáver estaba «en la postura de un hombre dormido». Clayton estaba dormido, narcotizado por el único hombre que pudo haberlo hecho: el mismo hombre con quien tomó una copa en el club.

—¿Jock? —la voz de Margharita se alzó con sorpresa infantil—. ¿Jock? ¡Es imposible! ¡Pero si conozco a Jock de toda la vida! ¡No puede ser! ¿Por qué iba Jock...?

Poirot se volvió hacia ella.

—¿Por qué se batieron en duelo dos italianos? ¿Por qué se suicidó un muchacho? Jock Maclaren es hombre de pocas palabras. Puede que se haya resignado a ser el amigo fiel de usted y de su marido, pero entonces surge el comandante Rich. ¡Es demasiado! Atormentado por el odio y el deseo, trazó un plan que estuvo muy cerca de ser el crimen perfecto... Un doble crimen, porque era casi seguro que el comandante Rich sería culpado de asesinato. Y, ya libre del comandante y de su marido, cree que es posible que por fin se vuelva usted hacia él. Y quizá lo hubiera hecho muy pronto, ¿verdad?

Margharita tenía clavados en Poirot sus ojos, muy abiertos por el horror. Casi sin darse cuenta de lo que decía, susurró:

—Puede que sí..., no lo sé...

El inspector Miller habló con autoridad:

—Todo esto está muy bien, Poirot. Es una teoría y nada más. No hay la menor prueba. Lo más probable es que no haya nada de cierto en todo ello.

—Todo es cierto.

—¡Pero no hay pruebas! No hay nada en que fundarse.

—Se equivoca. Creo que, si se lo dice así a Maclaren, confesará. Con tal de que se le haga ver claramente que Margharita Clayton lo sabe...

Poirot hizo una pausa y añadió:

—Porque en cuanto Maclaren sepa eso, está perdido... El asesinato perfecto habrá sido inútil.

Tarta de zarzamoras

Hércules Poirot se encontraba cenando con su amigo Henry Bennington en Galante, un restaurante situado en King's Road, Chelsea. A Mr. Bennington le agradaba la atmósfera tranquila del Galante y su comida sencilla y netamente inglesa, y no un conjunto de complicados revoltijos.

Molly, la simpática camarera, lo saludó como a un viejo conocido. Se preciaba de recordar los gustos y las preferencias de sus clientes en cuestiones gastronómicas.

—Buenas noches, señor —le dijo mientras los dos hombres se acomodaban en una mesa—. Tienen ustedes suerte, hay pavo relleno de castañas..., es su plato favorito, ¿verdad? ¡E incluso un estupendo queso Silton! ¿Tomarán primero sopa o pescado?

Una vez resuelta la cuestión del menú y las bebidas, Mr. Bennington se reclinó hacia atrás con un suspiro de alivio y desdobló la servilleta mientras Molly se alejaba.

—¡Es una buena chica! —dijo en tono de aprobación—. Fue una belleza..., solía posar para los pintores. También entiende de cocina..., y eso es mucho más importante. Por lo general las mujeres saben poco de eso. Hay muchas que cuando salen con un sujeto de su agrado no se enteran ni de lo que comen. Piden lo primero que ven en la lista.

Hércules Poirot asintió con la cabeza.

—*C'est terrible.*

—Los hombres no somos así, gracias a Dios —exclamó Mr. Bennington, complacido.

—¿Nunca?

—Bueno, tal vez cuando somos muy jóvenes —concedió Bennington—. ¡Cachorritos! Los jóvenes de hoy en día son todos iguales..., carecen de inteligencia y de vigor. Yo no les sirvo de nada... y ellos a mí... tampoco. ¡Puede que tengan razón! ¡Pero al oírles hablar uno creería que nadie tiene derecho a vivir después de los sesenta! Por su modo de comportarse, no me extrañaría que ayudaran a sus parientes ancianos a salir de este mundo.

—Es posible que lo hagan —dijo Poirot.

—Debo confesar que es usted muy mal pensado. Todo ese trabajo policíaco ha minado sus ideales.

El detective sonrió.

—No obstante —dijo—, resultaría interesante hacer una estadística de las muertes accidentales de personas que han cumplido los sesenta. Le aseguro que se levantarían algunas sospechas curiosas en su imaginación... Pero hablemos, amigo mío, de sus propios asuntos. ¿Cómo lo trata el mundo?

—¡Anda todo revuelto! —exclamó Bennington—. Eso es lo que le ocurre al mundo actual: demasiada confusión y demasiada palabrería. La palabrería sirve para disimular la confusión. Como una salsa fuerte y aromática disimula que el pescado no esté demasiado fresco. A mí deme un filete de lenguado como es debido y no necesito ponerle salsa.

Y en aquel momento Molly, sonriente, se lo sirvió tal como deseaba.

—Usted conoce bien mis gustos, Molly.

—Viene muy a menudo por aquí, ¿verdad? Así no es extraño que yo los conozca.

—¿Es que las personas siempre piden las mismas cosas? —preguntó Poirot—. ¿No les gusta variar a veces?

—Los caballeros no. A las damas les gusta la variedad..., pero los caballeros piden siempre lo mismo —dijo Molly.

—¿Qué le decía? —gruñó Bennington—. ¡Las mujeres son terribles en lo que a comida se refiere!

Miró a su alrededor.

—El mundo es muy curioso. Fíjese en ese extraño sujeto de barba sentado en ese rincón. Molly puede decirle que viene todos los martes y jueves por la noche desde hace cerca de diez años. Es una especie de símbolo en este local. No obstante, nadie conoce su nombre, ni dónde vive, ni a qué se dedica. Es bastante extraño si se piensa bien.

Cuando la camarera trajo las raciones de pavo le dijo:

—Veo que todavía sigue viniendo Nuestro Viejo Padre Tiempo.

—Todos los martes y jueves, señor. ¡Pero no sabe usted que la semana pasada vino un lunes! ¡Casi me asusté! Creí que me había equivocado de fecha y que sería martes sin que yo lo supiera. Pero volvió al día siguiente..., de modo que el lunes debió de hacer un extra, por así decirlo.

—Una interesante desviación de sus costumbres —murmuró Poirot—. Quisiera conocer las razones que la motivaron.

—Pues si quiere saber mi opinión, creo que estaba algo preocupado.

—¿Por qué lo cree así? ¿Por sus modales?

—No, señor..., no fueron precisamente sus modales. Estaba tranquilo como siempre. Nunca dice más que «buenas noches» al entrar y al salir. No, fue por lo que pidió.

—¿Lo que pidió?

—Supongo que se van a reír de mí. —Molly enrojeció—. Pero cuando se lleva diez años sirviendo a un caballero, se conocen sus gustos al dedillo. No podía soportar las grasas y las zarzamoras, y nunca le vi tomar la sopa espesa..., pero aquel lunes por la noche pidió sopa de tomate bien espesa, una chuleta con riñones y ¡tarta de zarzamoras! ¡Parecía como si no supiera qué estaba pidiendo!

—¿Sabe que lo encuentro muy interesante? —dijo Hércules Poirot.

Molly le dirigió una mirada agradecida antes de alejarse.

—Bueno, Poirot —dijo Henry Bennington con una risita—. Vamos a ver qué deducciones saca. Hágalo lo mejor que sepa.

—Prefiero oír primero las suyas.

—Quiere que haga de doctor Watson, ¿eh? Pues que el viejo fue a ver al médico y este le aconsejó que cambiara de régimen.

—¿Y le recomendó que tomara sopa de tomates espesa, una chuleta con riñones y tarta de zarzamoras? No puedo imaginar a ningún médico que haga eso.

—¿No lo cree? A los médicos se les puede ocurrir cualquier cosa.

—¿Es esa la única solución que se le ocurre?

—Bien, ahora en serio. Supongo que solo existe una posible explicación. Que nuestro desconocido amigo estaba bajo los efectos de una fuerte emoción. Se hallaba tan preocupado que ni se dio cuenta de lo que pedía o estaba comiendo.

Rio ante su propia insinuación.

—No irá a decirme ahora que ya sabe exactamente qué pasaba por su imaginación. Tal vez piense que estaba tramando cometer un crimen.

Volvió a reír.

Poirot permaneció serio.

Tenía que admitir, dijo, que en aquellos momentos se hallaba seriamente preocupado y que tenía el presentimiento de que algo iba a ocurrir.

Su amigo le aseguró que tal idea era absurda.

Tres semanas más tarde, Hércules Poirot y Bennington volvieron a encontrarse. Esta vez su encuentro tuvo lugar en el metro.

Se saludaron con una inclinación de cabeza y se agarraron a dos asideros contiguos para mantener el equilibrio. En Piccadilly Circus quedaron unos asientos libres en un extremo del coche..., un lugar tranquilo donde nadie podía molestarlos.

—A propósito —dijo Mr. Bennington cuando se acomodaron—. ¿Recuerda a aquel viejo que iba al Galante? No me extrañaría que hubiera pasado a un mundo mejor. Hace una semana que no aparece por allí; Molly está muy preocupada.

Los ojos de Poirot relampaguearon.

—¿De veras? —dijo—. ¿De veras?

—¿Recuerda que yo dije que quizá había ido a ver a un médico y que este lo había puesto a dieta? Lo de la dieta es una tontería, desde luego..., pero ¿y si de veras fue a consultar un médico y lo que le dijera le preocupó? Eso explicaría el que pidiese lo primero que viera en el menú, sin ser consciente de lo que hacía. Es muy probable que el sobresalto sufrido se le llevara de este mundo antes de lo previsto. Los doctores deberían andar con mucho cuidado al decir ciertas cosas a sus pacientes.

—Por lo general lo tienen —repuso Hércules Poirot.

—Esta es mi estación —dijo Mr. Bennington levantándose—. Hasta la vista. Y pensar que nunca sabremos ni siquiera quién era ese individuo... ni cómo se llamaba. ¡Extraño mundo!

Y se apeó a toda prisa.

Hércules Poirot, con el ceño fruncido, no parecía opinar que fuera tan extraño.

Volvió a su casa y dio ciertas instrucciones a su fiel ayuda de cámara George.

Poirot deslizó su dedo por una lista de nombres. Era el informe de las muertes ocurridas en cierta área.

Al fin su índice se detuvo.

—Henry Gascoigne, 69. Probaré primero este.

A última hora del día, se personó en la clínica del doctor Macandrew en King's Road. Macandrew era un escocés alto y pelirrojo de rostro inteligente.

—¿Gascoigne? —dijo—. Sí, es cierto. Era un pájaro muy excéntrico. Vivía en una de esas casas viejas y abandonadas que van siendo derruidas para construir bloques de viviendas modernas. No le había atendido anteriormente, pero lo había visto de vez en cuando y sabía quién era. Fue el lechero el que dio la voz de alarma. Las botellas de leche comenzaron a amontonarse ante su puerta. Al final los vecinos de la casa contigua llamaron a la policía, que derribó la puerta y lo encontró. Se había caído por la escalera y se había roto el cuello. Llevaba puesta una bata vieja con un cordón raído... con el que bien pudo enredarse.

—Ya comprendo —repuso Hércules Poirot—. Fue muy sencillo..., un accidente.

—Eso es.

—¿Tenía algún pariente?

—Un sobrino. Solía venir a verle una vez al mes. Se llama Ramsey, George Ramsey. También es médico. Vive en Wimbledon.

—¿Cuánto tiempo llevaba muerto monsieur Gascoigne cuando usted lo vio?

—¡Ah! —dijo el doctor Macandrew—. Pasamos a los trámites oficiales. Por lo menos cuarenta y ocho horas, y no más de setenta y dos. Lo encontramos la mañana del día 6. Actualmente podemos aproximarnos aún más. Llevaba una carta en el bolsillo... escrita el día 3... y con matasellos de Wimbledon de aquella misma tarde..., debió de recibirla cerca de las nueve y veinte de la noche. Ello establece la hora de su fallecimiento después de las nueve y veinte de la noche del día 3, y concuerda con el contenido del estómago y los procesos de la digestión. Había comido unas dos horas antes de su muerte. Yo lo examiné la mañana del día 6 y su estado era el que le correspondía de haber muerto sesenta horas antes... cerca de las diez de la noche del día 3.

—Todo parece encajar bastante bien. Dígame, ¿cuándo fue visto por última vez?

—En King's Road, a eso de las siete de la tarde del mismo día 3, jueves, y cenó en el restaurante Galante a las siete y media. Parece ser que siempre cenaba allí los jueves.

—¿No tenía otros parientes? ¿Solo un sobrino?

—Tenía un hermano gemelo. Su historia es bastante curiosa. No se habían visto durante años. Cuando Henry era joven llevaba camino de llegar a ser un artista... malísimo. Parece ser que el otro hermano, Anthony Gascoigne, se casó con una mujer muy rica y dejó el arte... por lo que los dos hermanos se enfadaron. Creo que no volvieron a verse. Pero, por extraño que parezca, murieron el mismo día. El otro mellizo murió a la una de la tarde del día 3. Conozco el caso de otros hermanos mellizos que murieron el mismo día... ¡y en distintas partes del mundo! Probablemente es solo una coincidencia...

—¿Y la esposa del hermano vive?

—No, murió hace varios años.

—¿Dónde habitaba Anthony Gascoigne?

—Tenía una casa en Kingston Hill. Por lo que me ha dicho el doctor Ramsey, vivía casi en completa reclusión.

Hércules Poirot asintió, pensativo.

El escocés le contempló extrañado.

—¿Qué es lo que está pensando, monsieur Poirot? —inquirió de improviso—. He contestado a sus preguntas..., como era mi deber después de ver sus credenciales. Pero estoy en la más completa oscuridad por lo que respecta a este vulgar asunto.

—Un caso sencillo de muerte por accidente, eso es lo que usted dijo. Lo que yo pienso es bien sencillo: que lo empujaron.

El doctor Macandrew pareció sobresaltarse.

—En otras palabras, ¡asesinato! ¿Tiene algo en que basarse para afirmar eso?

—Oh, no —replicó Poirot—. Es una simple suposición.

—Debe de haber algo... —insistió el otro.

El belga no respondió.

—Si es de Ramsey, el sobrino, de quien sospecha, no me importa decirle que se equivoca. Ramsey estuvo jugando al bridge en Wimbledon desde las ocho y media hasta medianoche. Eso dijeron en la investigación practicada.

—Y es de suponer que lo comprobaron —murmuró Poirot—. La policía es muy cuidadosa.

—¿Tiene usted algo contra él? —preguntó el doctor.

—No sabía ni que existiera hasta que usted me lo ha dicho.

—Entonces, ¿sospecha de algún otro?

—No, no. No es eso. Se trata de que el hombre es un animal de costumbres. Eso es muy importante. Y la muerte de monsieur Gascoigne no concuerda con esto. Ya ve, todo está equivocado.

—La verdad, no lo entiendo.

Hércules Poirot se puso en pie, sonriendo, y el doctor lo imitó.

—Sinceramente —dijo este último—, no veo nada sospechoso en la muerte de Henry Gascoigne.

—Soy un hombre obstinado —repuso Poirot extendiendo las manos—. Un hombre con una idea... y sin nada en que basarla. A propósito, ¿Henry Gascoigne llevaba dentadura postiza?

—No, su dentadura se conservaba en perfecto estado. Algo muy apreciable a su edad.

—¿Y la cuidaba bien..., la tenía blanca y brillante?

—Sí. Me fijé precisamente en eso.

—¿No se le había descolorido?

—No. No creo que fumara, si es eso a lo que se refiere.

—No he querido decir eso precisamente... era solo un disparo a largo alcance... que es probable que no dé en el blanco. Adiós, doctor Macandrew, y gracias por su amabilidad.

Poirot se despidió del médico.

—Ahora —se dijo al hallarse en la calle—, a por el disparo a largo alcance.

Entró en el Galante y se sentó en la misma mesa que en la otra ocasión compartiera con Bennington. La muchacha que servía no era Molly. Según le dijo la nueva camarera, Molly estaba de vacaciones.

Eran las siete y Hércules Poirot no tuvo dificultad en entablar con la joven un diálogo acerca del viejo Gascoigne.

—Sí —le explicó la camarera—. Estuvo viniendo años y años, pero ninguna de nosotras sabíamos cómo se llamaba. Leímos en el periódico la vista de la causa y traía una fotografía suya. «Oye —le dije a Molly—, ¿no es Nuestro Viejo Padre Tiempo...?», como solíamos llamarle.

—Cenó aquí la noche de su muerte, ¿verdad?

—Sí. El día 3, jueves. Siempre venía los jueves. Martes y jueves..., puntual como un reloj.

—Supongo que no recordará lo que tomó para cenar.

—Déjeme pensar. Eso es, sopa de arroz sazonada con curri y ternera... o ¿tomó cordero...?, no, ternera, eso es, tarta de zarzamoras y queso. ¡Y pensar que al volver a su casa se cayó por la escalera! Dicen que la causa debió de ser el cordón deshilachado de su batín. Claro que sus trajes eran siempre un desastre... anticuados y raídos, aunque no obstante tenía cierto aire... como si fuera alguien. Oh, aquí tenemos clientes de todas las clases, y muy interesantes.

Se marchó hacia la cocina y Poirot comió su lenguado.

Armado con la recomendación de cierto personaje importante, Hércules Poirot no encontró dificultad en hablar con el jefe de policía del distrito.

—Un personaje curioso ese Gascoigne —comentó—.

Un individuo excéntrico y solitario, pero su fallecimiento parece haber despertado gran interés.

El policía miraba con curiosidad a su visitante.

Hércules Poirot escogió sus palabras con sumo cuidado.

—Hay ciertas circunstancias relacionadas con su muerte, monsieur, que hacen necesaria una investigación del caso.

—Bien, ¿en qué puedo ayudarle?

—Creo que usted tiene la facultad de ordenar que los documentos que entran en esta comisaría sean conservados o destruidos, según usted juzgue conveniente. En el bolsillo del batín de Henry Gascoigne fue encontrada una carta, ¿no es así?

—Así fue.

—¿Era de su sobrino, el doctor George Ramsey?

—Exacto. La carta fue presentada en el juicio para ayudar a establecer la hora de la defunción.

—¿Todavía la conserva?

Hércules Poirot aguardó ansiosamente la respuesta.

Al saber que podría examinarla exhaló un suspiro de alivio.

Cuando la tuvo en su poder, la estudió con cuidado. Había sido escrita con pluma estilográfica y con letra apretada. Decía lo siguiente:

Querido tío Henry:

Lamento decirte que no tuve éxito en lo tocante a tío Anthony. No demostró el menor entusiasmo por que vayas a verle, y no quiso contestar a tu ofrecimiento de olvidar lo pasado. Naturalmente que se encuentra muy enfermo, y su inteligencia comienza a extraviarse. Yo diría que su fin está próximo. Apenas parecía recordar quién eres.

Siento haber fracasado, pero puedo asegurarte que lo hice lo mejor que supe.

Tu sobrino que te quiere,

GEORGE RAMSEY

La carta estaba fechada el 3 de noviembre. Poirot examinó el matasellos del sobre: las cuatro y media de la tarde.

—Todo en orden..., ¿verdad? —murmuró.

Su próximo objetivo fue Kingston Hill. Tras algunas dificultades, que venció gracias a su insistencia y optimismo, pudo obtener una entrevista con Amelia Hill, cocinera y ama de llaves del finado Anthony Gascoigne.

Al principio se mostró recelosa y poco comunicativa, pero la encantadora amabilidad de aquel extranjero de raro aspecto no tardó en surtir su efecto, y Mrs. Amelia Hill comenzó a ablandarse. Y sin darse cuenta se encontró, como muchas otras mujeres, contando sus cuitas a un oyente simpático de verdad.

Durante catorce años había estado al cuidado de la casa de Mr. Gascoigne. Y no era un trabajo fácil. ¡Vaya que no! Muchas mujeres hubieran sucumbido bajo la carga que ella tuvo que soportar. Aquel pobre caballero era un excéntrico y no lo disimulaba. Tan apegado a su dinero... En él era ya una especie de manía... y era tan rico como el que más. Pero Mrs. Hill le había servido fielmente, y soportaba sus rarezas, y era natural que esperase por lo menos un recuerdo. Pero nada... ¡nada en absoluto! Solo apareció un viejo testamento en el que se lo dejaba todo a su esposa, y en caso de que esta falleciese antes que él, a su hermano Henry. Un testamento hecho años atrás. ¡No era justo! ¡Y no lo merecía!

Poco a poco Poirot fue apartándola del tema más importante para ella: su codicia insatisfecha. ¡Desde luego era una injusticia cruel! No podía culparla por sentirse herida y extrañada. Era bien tacaño. Incluso se decía que rehusó ayudar a su único hermano. Era probable que Mrs. Hill lo supiera.

—¿Era por eso por lo que vino a verlo el doctor Ramsey? —preguntó Mrs. Hill—. Sabía que era por cosas de su hermano, pero creí que solo querían reconciliarse. Estaban reñidos hacía años.

—Tengo entendido que monsieur Gascoigne se negó a ello rotundamente —dijo Poirot.

—Eso es cierto —repuso Mrs. Hill asintiendo con la cabeza—. «¿Henry?», dijo con voz débil, «¿qué le pasa a Henry? No le he visto desde hace años, ni lo deseo. Ese Henry siempre quiere pelea». Solo dijo eso.

La conversación volvió a girar en torno al descontento de Mrs. Hill y la inconmovible actitud del abogado de Mr. Gascoigne.

Con cierta dificultad, Hércules Poirot logró al fin despedirse interrumpiéndola bruscamente.

Y de este modo, poco después de la hora de cenar, llegó a Elmcrest Dorset Road, Wimbledon, donde se alzaba la residencia del doctor George Ramsey.

El doctor estaba en casa. Hércules Poirot fue introducido en el consultorio y el doctor Ramsey, que evidentemente acababa de levantarse de la mesa, no tardó en recibirle.

—No vengo a que me visite, doctor —le dijo el detective—. Y tal vez mi venida a esta casa tenga algo de importante..., pero prefiero hablar claro y sin rodeos. No me gusta el método que emplean los abogados, con tantos preámbulos y circunloquios.

Sin duda había despertado el interés de Ramsey. Era un hombre de mediana estatura, muy bien rasurado, de cabellos castaños, aunque con las pestañas casi blancas, lo cual daba a sus ojos una expresión triste. Sus ademanes eran rápidos y poseía cierto sentido del humor.

—¿Abogados? —preguntó alzando las cejas—. ¡Odio a esos individuos! Ha despertado usted mi curiosidad. Siéntese, por favor, señor.

Poirot se inclinó hacia delante en gesto confidencial.

—Muchos de mis clientes son mujeres —dijo el detective.

Las blancas cejas de Ramsey se alzaron.

—Es natural —repuso el doctor George Ramsey con un ligero parpadeo.

—Es natural, como usted dice —convino Poirot—. A las mujeres les desagrada la policía oficial. Prefieren las investigaciones privadas. No les gusta hacer públicos sus asuntos. Hace pocos días vino a consultarme una anciana. Estaba preocupada por su esposo, con el que llevaba enfadada muchos años. Su esposo era tío de usted, el finado monsieur Gascoigne.

—¿Mi tío? ¡Qué tontería! Su esposa murió hace muchísimos años.

—No me refiero a su tío Mr. Anthony Gascoigne, sino a su otro tío, Mr. Henry Gascoigne.

—¿Tío Henry? ¡Pero si no estaba casado!

—¡Oh, sí que lo estaba! —exclamó Poirot, mintiendo sin el menor empacho—. No tengo la menor duda. Esa señora incluso trajo el certificado de matrimonio.

—¡Es mentira! —exclamó George Ramsey con el rostro rojo como las cerezas maduras—. No lo creo. Es usted un farsante.

—Qué lástima, ¿verdad? —dijo Poirot—. Ha cometido un crimen por nada.

—¿Un crimen? —La voz de Ramsey se quebró y sus ojos claros expresaron terror.

—A propósito —continuó Poirot—. Veo que ha vuelto a comer tarta de zarzamoras. Es una costumbre imprudente. Las zarzamoras pueden estar llenas de vitaminas, pero resultan mortales en otro sentido. En esta ocasión creo que han ayudado a poner la soga alrededor del cuello de un hombre... De usted, doctor Ramsey.

—¿Sabe, *mon ami*? Donde se equivocó usted fue en su deducción fundamental —decía Hércules Poirot inclinado plácidamente sobre la mesita y dirigiéndose a su amigo—. Un hombre bajo una grave depresión moral no escoge esa ocasión para hacer algo que no hubiera hecho antes. Sus reflejos hubiesen seguido la rutina a que estaban acostumbrados. Un hombre preocupado por algo podría bajar a cenar en pijama..., pero sería su pijama... no el de otra persona. Un hombre que aborrece la sopa espesa, la carne con mucha grasa y las zarzamoras, de pronto pide las tres cosas la misma noche. Usted dice que porque está pensando en otra cosa. Pero yo le digo que un hombre absorto en sus preocupaciones ordenaría automáticamente que le sirvieran lo que solía tomar más a menudo. *Eh bien*, entonces, ¿qué otra explicación cabe?

»Luego me dijo usted que aquel hombre había desaparecido. Había dejado de acudir un martes y un jueves por primera vez durante años. Eso todavía me gustó menos. Una extraña hipótesis fue formándose en mi mente. De ser cierta, aquel hombre había muerto. Hice mis averiguaciones. Y había muerto..., con una muerte cuidadosamente preparada. En otras palabras, el pescado malo había sido disimulado a fuerza de salsa.

»Fue visto en King's Road a eso de las siete y vino a cenar aquí a las siete y media... dos horas antes de su muerte. Todo concuerda: las pruebas del contenido del estómago y la carta. ¡Demasiada salsa!

»Su adorado sobrino escribió la carta, su adorado sobrino tiene una coartada perfecta para la hora de la defunción del tío. Una muerte sencilla... una caída por la escalera. ¿Simple accidente? ¿O asesinato? Todo el mundo, al enjuiciar el caso desde diferentes puntos de vista, se inclina por lo primero.

»Su adorado sobrino es el único pariente. Su adorado sobrino heredará..., pero ¿es que hay algo que heredar? El tío era pobre.

»Sin embargo, hay un hermano. Un hermano que se

casó con una mujer rica y que vive en una hermosa mansión en Kingston Hill, de modo que, al parecer, su mujer al morir le dejó todo su dinero. Vea las consecuencias: la esposa rica deja todo su dinero a Anthony, Anthony se lo deja a Henry y el dinero de Henry va a parar a manos de George... Una cadena completa.

—Todo muy bien en teoría —dijo Mr. Bennington—. Pero ¿cómo comprobarlo?

—Una vez se sabe, por lo general se consigue lo que uno desea. Henry murió dos horas después de una comida. Alrededor de eso gira todo este caso. Pero supongamos que esa comida no fuera la cena, sino el almuerzo. Póngase en el lugar de George. George quiere tener dinero... a toda costa. Anthony Gascoigne está agonizando..., pero su muerte no beneficia a George. Su dinero pasará a Henry, que tal vez puede vivir muchos años todavía. De modo que Henry debe morir también... y cuanto antes mejor, pero su muerte debe tener lugar después de la de Anthony, y al mismo tiempo George debe procurarse una coartada. La costumbre de Henry de cenar regularmente en cierto restaurante dos noches por semana le sugiere cuál va a ser su coartada. Como es un individuo cauteloso, primero ensaya su plan. Y se hace pasar por su tío la noche de un lunes, cenando como era de costumbre, en el restaurante en cuestión.

»Todo va como una seda, y lo aceptan como a su tío. Se siente satisfecho. Solo tiene que esperar a que tío Anthony dé muestras definitivas de querer abandonar este mundo. Y llega la ocasión. Escribe una carta a su tío la tarde del 2 de noviembre, pero la fecha es del 3. Viene a la ciudad la tarde del día 3, va a ver a su tío y pone su plan en acción. Un fuerte empujón y allá va tío Henry escaleras abajo.

»George busca la carta que ha escrito y la mete en el bolsillo del batín de su tío. A las siete y media está en el Galante, con barba y cejas postizas, todo completo. Sin duda todos vieron con vida a Henry Gascoigne a las siete y media. Luego, una metamorfosis rápida en cualquier lavabo público y el regreso en su automóvil y a toda marcha hacia Wimbledon, donde juega al bridge. La coartada perfecta muy bien estudiada.

Mr. Bennington lo contemplaba fijamente.

—Pero ¿y el matasellos de la carta?

—¡Oh, eso es bien sencillo! Estaba falsificado. Cambiaron el dos por un tres. No se notaba, a menos que se supiera. Y por último, están las zarzamoras.

—¿Zarzamoras?

—El pastel de zarzamoras o de moras, como prefiera. George, como puede usted comprender, no era lo bastante buen actor. Se caracterizó como su tío, andaba como su tío y hablaba como su tío, pero se olvidó de comer como su tío y pidió los platos que más le gustaban.

»Las zarzamoras manchan los dientes... y los del cadáver no lo estaban, a pesar de que Henry Gascoigne comió pastel de zarzamoras en el Galante aquella noche. Y no se encontraron tampoco en su estómago. Lo he preguntado esta mañana. Y George ha sido lo bastante tonto como para conservar la barba y el resto del maquillaje. ¡Oh! Hay muchas pruebas si se busca bien. He ido a visitarlo y lo he aturdido. ¡Ese fue su fin! A propósito, había vuelto a comer zarzamoras. Es muy goloso... y se preocupa mucho de la comida. *Eh bien,* su glotonería le colgará, a menos que yo esté muy equivocado.

Una camarera les trajo dos raciones de tarta de zarzamoras.

—Lléveselas —dijo Mr. Bennington—. ¡Hay que andar con mucho cuidado! Tráigame un poco de tarta de manzana.

Índice